# NON EVOCARE IL MALE

GUARDIANI ALFA - 3

KAYLA GABRIEL

## ISCRIVITI ALLA NEWSLETTER

Unisciti alla mailing list per essere informato per primo su nuove uscite, libri gratuiti, premi speciali e altri omaggi dell'autore.

https://kaylagabriel.com/benvenuto/

Non evocare il male: Copyright © 2019 di Kayla Gabriel

Tutti i diritti riservati. Nessuna parte di questo libro può essere riprodotta o trasmessa in alcuna forma con nessun mezzo elettronico, digitale o meccanico, incluse, ma non solo, attività quali fotocopie, registrazioni, scanner o qualsiasi altro tipo di raccolta di dati e sistema di reperimento di informazioni senza il permesso esplicito e scritto dell'autore.

Pubblicato da Kayla Gabriel
Non evocare il male

Copyright di copertina 2019 di Kayla Gabriel, autrice
Immagini/foto di Depositphotos: petersen

Nota dell'editore:
Questo libro è stato scritto per un pubblico adulto. Questo libro potrebbe contenere scene sessuali esplicite. Le attività sessuali incluse nel libro sono pure fantasie per adulti e ogni attività o rischio corso dai personaggi della finzione nella storia non è né approvato né incoraggiato dall'autore o dall'editore.

# 1

Dominic "Pere Mal" Malveaux se ne stava in piedi vicino a "La fine del mondo" – il teatrale punto in cui la costa di New Orleans spunta dritta verso l'esterno prima di tuffarsi verso il Mississippi – e rimuginava sugli eventi dei mesi passati. La gente del posto amava questo luogo, un luogo dove poter camminare ed entrare in acqua. Un buon posto per celebrare una festa, forse, o per meravigliarsi dinanzi alla bellezza della costa della Louisiana.

O per pensare ai propri fallimenti e ai propri successi, per così dire.

Pere Mal si lisciò il completo elegante, ignorando il modo in cui la brezza umida e salata lo assaliva. Ispirò a fondo e guardò un rimorchiatore che conduceva una nave lungo il fiume, verso il mare. Per un momento, sentì uno strano accesso di gelosia verso quella nave. Anche lui voleva essere guidato in quel modo, ne aveva bisogno. Per molte volte aveva evocato gli spiriti dei suoi antenati, che di solito si rivelavano molto loquaci.

Ma adesso... nemmeno un accenno. Dopo quella notte, dopo il disastro al Cimitero n. 1 di San Luigi, i suoi antenati si erano azzittiti. Quando lui li invocava, riusciva a sentirli, sapeva che erano lì. Ma non gli concedevano nulla. Nessun suggerimento, nessuna sbirciatina nel futuro o nel passato. Nessun aiuto di nessun tipo, solo uno stoicismo di ferro.

Sembrava che i Guardiani Alfa non solo gli avessero portato via la Prima e la Seconda Luce, ma che fossero anche riusciti a sminuirlo agli occhi dei suoi stessi antenati. Pere Mal strinse i pugni e guardò il fiume, sforzandosi di mantenere la sua compostezza.

Voleva esplodere, attaccare con forza quei fastidiosi orsi mutaforma, ridurre in cenere la loro casa pesantemente sorvegliata. Ma no, non avrebbe funzionato. Aveva ancora bisogno della Prima e della Seconda Luce. Per ora, doveva lasciare che si riposassero e si mettessero comodi, lasciare che cominciassero a trascurare la propria sicurezza.

Per ora, aveva bisogno di ferirli in un modo più sottile, più subdolo. I due Guardiani compagni della Prima e della Seconda Luce avevano messo sottochiave le loro donne, e le loro difese non si penetravano tanto facilmente. Il terzo Guardiano era sparito dalla circolazione... per sfortuna, perché Pere Mal avrebbe smosso mari e monti per riuscire a mettere le mani su un drago. Probabilmente la creatura non si sarebbe mai piegata alla sua volontà, ma avrebbe guadagnato una fortuna smisurata vendendone i denti e il sangue e le squame.

E quindi rimaneva soltanto il quarto Guardiano, anche se Pere Mal non era sicuro se il ragazzo fosse già diventato un membro ufficiale. Per fortuna che Pere Mal lo aveva visto arrivare e aveva prontamente pensato a un piano per assicurarsi che il nuovo mutaforma non avrebbe rappresentato un grosso problema.

Tirò fuori il cellulare dalla tasca, cercò tra i contatti e chiamò.

"Monsieur," rispose subito l'uomo, le parole rallentate dal suo pesante accento tedesco. "Come posso aiutarla?"

"Hai ancora la ragazza di cui abbiamo parlato, vero?" chiese Pere Mal.

"*Ja*, certo."

"Devi inviarla in una casa sull'Esplanade."

Ci fu una pausa.

"Non capisco," disse l'uomo.

"Ti invierò l'indirizzo. Lasciala sul giardino, fa' in modo che ti vedano."

"Monsieur, vuole liberarla? Potrebbe distruggere l'intera città con uno schiocco delle dita, se le condizioni lo permettono."

Pere Mal si accigliò.

"Non accadrà. Adesso è in uno stato di stasi, mi è del tutto inutile se prima non... beh, non la *attiviamo*. E, per farlo, devi smetterla di fare domande e fare come ti dico."

"Ma certo, sir."

"Non appena saprò per certo che l'hai trasferita, ti invierò il denaro, come abbiamo stabilito," disse Pere Mal. Cominciava già a perdere interesse.

"Sir, se mi permette –"

Pere Mal riagganciò e si rimise il telefono in tasca. Guardando l'acqua di fronte a lui, per la prima volta dopo giorni si sentì soddisfatto. Presto, avrebbe smesso di prostrarsi ai piedi dei suoi antenati, avrebbe smesso di cercare altro potere.

Aveva solo bisogno di cominciare a muovere gli ingranaggi. Girò le spalle al fiume e rise.

*Tout vient à point à qui sait attendre.*

Ogni cosa a suo tempo, *n'est-ce pas*? Ogni cosa a suo tempo.

2
---

Se la cerimonia doveva essere celebrata stanotte, il tempo stava per scadere. Asher Ellison controllò l'ora e vide che erano già le 23:43. Diciassette minuti alla mezzanotte, nella notte con la luna più piena del mese. Diciassette minuti per decidere il suo destino per il futuro prossimo, per decidere se voleva far parte del protettorato paranormale di New Orleans o meno.

"Non sappiamo niente di Asher. Nessuna conoscenza, nessun controllo. Io non lavoro così." Rhys Macaulay incrociò le braccia sul petto e puntò i piedi, una tipica manifestazione di dominio. Rhys era la definizione da vocabolario di un orso mutaforma: alto e muscoloso, e un po' troppo aggressivo quando ne sentiva la necessità. Ahser non invidiava i suoi commilitoni.

"Non possiamo più stare ad aspettare Aeric. Sono passati tre mesi. Non sappiamo quando tornerà, e se tornerà… e, se lo chiedete a me, non mi piace l'idea di costringere un drago a fare qualcosa contro la sua volontà," rispose Mere Marie guardando l'enorme guerriero dai capelli rossi che era in piedi davanti a lei, fisso in un atteggiamento di sfida. Il brillante chiaro di luna si spruzzava sul giardino illuminando la scena. Era quasi l'ora delle streghe, la cerimonia doveva cominciare tra poco.

Asher si trovava a trenta metri di distanza, guardando l'esuberante regina del Voodoo che discuteva con il Guardiano Rhys Macaulay, riuscendo a sentire quasi tutto quello che si stavano dicendo. Nel suo precedente lavoro, saper leggere il labiale era un'abilità di fondamentale importanza. Era bello sapere che, anche se aveva abbandonato i servizi segreti dell'esercito, non aveva comunque perso il suo tocco.

Beh, non proprio "abbandonato": gli avevano sparato una dozzina di volte. Abbastanza da esser costretto a fingere di essere morto per timore che i Marines capissero che razza di arma stregata si ritrovavano per le mani. Pensare all'esercito che scopriva l'esistenza dei mutaforma e che li utilizzava per i propri scopi... persino Asher rabbrividiva di fronte a quell'eventualità, e nient'altro al mondo ci riusciva.

Era fatto di pietra, dentro e fuori, da capo a piedi, era stato addestrato proprio per quello. I suoi vecchi capi sarebbero stati così fieri di lui.

Se ne stava in piedi dietro al muro di finestre e porte francesi che conducevano dall'area comune della Villa al giardino. E aspettava. Aspettava che Rhys e Mere Maria raggiungessero un accordo, aspettava che arrivasse Gabriel.

Asher aveva aspettato da tutta la vita. Si era addestrato a trasformare le ore morte in azione, ad analizzare e pianificare. Questa piccola gara di urla tra Mere Marie e Rhys andava avanti da più di venti minuti, e non si poteva far nulla, se prima non arrivava Gabriel.

Mentre Asher guardava i due che discutevano fuori, la sua mente passò in rassegna tutte i possibili risultati. Duverjay, il maggiordomo della Villa, accese la luce in cucina. D'improvviso, Asher non poté più vedere i due che discutevano fuori: riusciva a vedere solo il suo riflesso. I capelli scuri e tagliati corti cominciavano a ingrigirsi sulle tempie; sopra agli occhi scuri le sopracciglia nere fendevano la fronte, una bocca dalle labbra piene e, da capo a piedi, muscoli tesi e spessi. Il suo corpo era un'arma perfetta, la sua mente acutissima, eppure...

Il suo riflesso gli mostrava qualcosa che lo preoccupava. Un accenno di stanchezza, il che era normalissimo. Ma c'era qualcos'altro di più oscuro, una piccola ombra che avrebbe dovuto sorprenderlo. Non era niente di specifico, più che altro era la mancanza di qualcosa... Asher dovette ammettere che, qualunque cosa fosse, cresceva ormai da anni. Fin da –

"Non la piantano, eh?" La voce di Gabriel lo sorprese. L'inglese alto e dai capelli neri apparve vicino ad Asher stringendo gli occhi per provare a sbirciare verso l'esterno. Indossava ancora l'uniforme – pantaloni neri e una maglietta nera sotto un pesante giubbotto antiproiettile. Non aveva con sé la spada e le armi da fuoco, ma aveva una borsa di tela nera.

"Eh, sì. Sembra che Rhys abbia ceduto, però," disse Asher.

"Perfetto. Allora, ora che è tutto risolto," disse Gabriel infilando una mano nella borsa e tirando fuori un rotolo di seta nera lucida. Spinse la matassa contro il petto di Asher. "Non toccare il pugnale fino a quando non te lo dico io, a meno che non ti alletta linea di rimanere monco."

Asher accettò l'arma avvolta nella seta e seguì Gabriel nel giardino. Esitò per un brevissimo istante, soffocando la vocina che protestava contro l'idea di un impegno così duraturo. La sua paura di impegnarsi non era niente di nuovo, e aveva già deciso che strada imboccare.

Una volta che Asher Ellison prendeva una decisione, persisteva. Era il cardine della sua personalità, parte di ciò che gli aveva permesso di superare alcuni dei momenti più buî della sua vita. Non aveva ripensamenti, non esitava: imboccava una direzione e la seguiva fino alla fine. Niente eccezioni.

Contrasse la mascella e uscì nel giardino, e lasciò che il chiaro di luna lavasse via tutte le sue preoccupazioni.

**3**

C'era qualcosa di veramente, veramente sbagliato in Kira Hudson. Ne era certa. Stravaccata su una sedia pieghevole di metallo, ingobbita sotto l'unica finestra della cantina buia e puzzolente, si fissava le mani. Erano legate di fronte a lei, il nastro adesivo le irritava la pelle. La nuova guardia le aveva detto chiaro e tondo che ogni tentativo di fuga sarebbe stato punito con una dolorosa punizione corporale e che, in ogni caso, era del tutto inutile.

Quattro giorni fa Kira era stata rapita, mentre passeggiava per le strade di Baton Rouge... o erano stati cinque giorni fa? In ogni caso, il tossico pallido e scheletrico che ora le stava facendo la guardia era quello che preferiva, tra quelli che si erano succeduti. Questo qui era troppo fatto perché gliene importasse, e Kira si guadagnava giusto un'occhiata ogni tanto, a patto che stesse in silenzio.

Kira indossava solamente una canotta bianca e una gonna verde smeraldo che si era strappata in più punti durante il rapimento. Di sicuro preferiva il fattone alla prima guardia. La prima guardia aveva passato tutto il tempo a squadrarla come se fosse un succulento pezzo di carne, leccandosi le labbra e ghignando. Le vennero i brividi.

Contrasse la mascella. Era quello che volevano, era ovvio. Volevano che se ne stesse zitta e ferma. La storia della sua cavolo di vita. Era sempre e solo *qualcosa* per *qualcuno*. Troppo sfacciata, troppo impaziente. Diamine, troppo formosa. Questo l'aveva sentito dire dozzine di volte nella sua cittadina. Union City era un posto piccolo, pieno di gente dalla mentalità ristretta, e i ragazzi della sua età non facevano altro che sbavare dietro alle cheerleader bionde.

Kira chiuse gli occhi zittendo il mistero della prigionia. Si mise invece a pensare al proprio amore, provando a mantener vivo il senso dell'umorismo nonostante la terribile situazione nella quale si trovava.

Baton Rouge era un po' più grande e po' meglio, ma Kira aveva presto scoperto che i ragazzi di campagna non erano altrettanto meglio. Gli piacevano i camion e le tettone, ma non inseguivano le ragazze come Kira se non per una botta e via.

Kira, per un po' di tempo, si era dedicata a questo tipo di incontri, ma li aveva trovati insoddisfacenti. Erano pessimi, secondo lei. A lei piacevano i suoi fianchi larghi, il culo formoso e le tette grosse. Era uno spettacolo quando si strizzava in un paio di jeans tagliati all'altezza del sedere. Quando i campagnoli flirtavano con lei, lei li ricambiava, provando ad apprezzare le loro attenzioni vuote per quello che erano. Nel frattempo, aspettava...

Diamine, era proprio quello il problema, no? Kira aveva aspettato e aspettato, provando a capire cos'era che mancasse nella sua vita. Ma quando aveva capito che non sarebbe apparso niente di niente, aveva risparmiato più soldi possibili col suo lavoro da barista e aveva comprato un biglietto di sola andata per Singapore.

Al solo pensiero l'amarezza le ricoprì la bocca. Aprì gli

occhi. A quest'ora il suo volo era già partito da un pezzo, e la sua occasione di fuggire era giunta troppo in ritardo. Se solo avesse saputo che doveva fuggire da qualcosa di ben peggiore di una vita noiosa...

Si guardò le mani un'altra volta, concentrandosi sulle dita. Certo, adesso erano perfettamente ferme e docili. Dov'era tutta questa inattività negli ultimi due mesi, quando la sua mente si svuotava per un paio di minuti e, una volta rinvenuta in sé, si ritrovava a cullare un gatto o un uccello morto? Solo che non era più morto. Da lei, dal suo corpo, fuoriusciva qualcosa, una linea diretta che partiva dal suo cuore e finiva sulla punta delle sue dita, che riempiva il corpo spezzato della creatura con una luce interiore...

E poi il topolino balzava su e scappava, o l'uccello spiccava il volo o... beh, di esempi ce n'erano a bizzeffe. Kira non lo faceva mai di proposito. Infatti, l'unica volta in cui aveva provato a risuscitare un nido di cuccioli di opossum che aveva trovato sotto il portico di casa sua, il suo nuovo potere non si era fatto vedere. Andava e veniva a suo piacimento, e Kira lo disprezzava.

Inevitabilmente, sembrava che infine qualcuno avesse notato questa sua piccola... abilità. Non era sicura di chi l'avesse vista, o di cosa avesse fatto per attirare la loro attenzione, ma in un modo o nell'altro Kira si era ritrovava in un mare di guai. Un viaggetto in una van senza finestrini, cinque guardie dai nervi tesi e una marea di merdosi panini con le polpette dopo, Kira si era ritrovata rinchiusa in una schifosa cantina invece di fare la turista per Singapore.

Il telefono del suo rapitore squillò facendogli quasi venire un attacco di cuore. Kira lo guardò rispondere alla chiamata e sgattaiolare fuori dalla stanza. Lasciò la porta socchiusa, e lei sentì la sua voce rauca che parlava con qualcuno. Quando ritornò, tra le mani tremanti stringeva una federa scura e un rotolo di nastro adesivo.

"No no no," disse Kira, la sua voce ridotta a un sussurro patetico. "Non devi farlo. Starò zitta!"

Il ragazzo grugnì qualcosa e alzò gli occhi al cielo, prima di tapparle la bocca con il nastro adesivo. Le mise la federa del cuscino sopra la testa e poi strappò un altro pezzo di nastro. Kira lo sentì chiudere la federa e attaccarla alla pelle nuda del suo petto, delle braccia e della schiena. Poi la sollevò mettendosela in spalla e la portò di sopra. Kira odiava sentirsi così rassegnata di fronte a tutta questa situazione. La gettò su un sedile imbottito. Uno schianto metallico le fece pensare di trovarsi di nuovo nello stesso esatto van privo di finestre.

Sentì che accendevano il motore e poi il veicolo che si metteva in moto strattonandola. Il cuore le batteva freneticamente, e le venne la nausea a pensare alle cose orribili che le avrebbero fatto di lì a poco.

La corsa in auto sembrò durare un'eternità. Kira si sforzò di restare calma, voleva essere all'erta e concentrata nel caso in cui si fosse presentata un'opportunità di fuga. Fece dei respiri profondi col naso, provando a ignorare il fatto che le spalle e le braccia le si erano addormentate a causa dell'imbarazzante posizione in cui era distesa. Era abbastanza sicura che nella macchina ci fossero solo due uomini, che ogni tanto parlavano scambiandosi dei sussurri rauchi.

Alla fine il veicolo si fermò. Kira sentì due paia di mani ruvide che la sollevavano. Nonostante tutti i suoi sforzi per restare calma, una patina di sudore le ricoprì la pelle, la testa le prudeva per l'agitazione e l'inquietudine. Poi sentì lo stomaco in gola, quando gli uomini la gettarono in aria, il suo cervello le gettò in faccia immagini di lei che affogava in mare aperto, che faticava a respirare...

Ma poi il suo corpo atterrò sul terreno, la sua testa sbatté duramente. Per fortuna il terreno sotto di lei era morbido. Era erba, si accorse. Era distesa sull'erba.

Sentì la porta del van che veniva sbattuta con violenza e le gomme che stridevano. Per mezzo minuto, Kira giacque lì, distesa e stordita.

Passò un minuto. E poi un altro. E un altro ancora. Kira rotolò sullo stomaco e si inginocchiò, sporgendosi in avanti per togliersi la federa da sopra la testa. La tirò con le mani ancora legate e strappò un po' di nastro adesivo dalla spalla destra, ma non riusciva a toglierla.

"Cazzo!" Udì la voce di una donna provenire da poco distante. "Gabriel! Gabriel! C'è una donna legata nel nostro giardino!"

"Cassie, sta' indietro," fu la risposta greve di un uomo dall'accento britannico. "Va' a chiamare gli altri, ti spiace?"

Kira fece una smorfia, quando sentì due grosse mani che le afferravano le spalle. Gridò, il suono soffocato dal nastro adesivo.

"Shhh, va tutto bene," disse l'uomo. "Sta' ferma."

L'uomo staccò il nastro adesivo dalla pelle di Kira e le tolse la federa dalla testa, lasciandola a sbattere le palpebre sotto il sole di mezzogiorno. Per un istante gli occhi le si riempirono di puntini. Kira alzò la testa e vide un uomo massiccio con i capelli neri che incombeva su di lei. Una bellissima donna dai capelli rossi era in piedi dietro di lui, le mani premute sulla sua pancia dolcemente rigonfia. L'uomo allungò una mano e, con un'espressione che chiedeva perdono, le strappò via il nastro adesivo che aveva sulla bocca.

"Stai bene?" chiese la donna con aria preoccupata. "Io mi chiamo Cassie, e lui è Gabriel. Gabriel, liberale i polsi."

"Io... io credo di sì," disse Kira. Gabriel tirò fuori un coltellino e tagliò il nastro adesivo che le stava segando i polsi, e Kira sospirò sollevata. Sapeva che la sua sicurezza avrebbe dovuto preoccuparla di più, circondata com'era da sconosciuti in un posto che non aveva mai visto. Guardò la villa in mattoni grigi che svettava dietro Gabriel e la donna aggrappata alla sua mano. Provò a fare mente locale: "Siamo in Louisiana?"

"New Orleans," disse la graziosa rossa annuendo. "Odio dover essere indelicata, ma... perché ti hanno appena gettata fuori da un camioncino?"

Kira aprì la bocca senza sapere cosa avrebbe dovuto rispondere. Per sua fortuna, in suo soccorso arrivò un'altra mangiata di sconosciuti. Un grosso tipo dai capelli rossastri, una donna con una zazzera di capelli biondi, un cameriere vestito elegante, un'indomita donna creola piuttosto bassa e...

Non appena posò gli occhi su di lui, tutti i peli del suo corpo si drizzarono sull'attenti. Sebbene sembrasse un po' più vecchio e con i lineamenti un po' più duri, era impossibile sbagliarsi. Un uomo ben piantato, alto e grosso, tutto muscoli. I capelli scuri, più corti di quanto Kira ricordasse, sfumati alti ai lati ma più lunghi in cima alla testa. Era tutto linee dure e taglienti. Si avvicinò a Kira con un'espressione di un'intensità insopportabile.

Kira alzò lo sguardo per guardarlo negli occhi. Nel giro di un istante, quei lucenti occhi scuri la consumarono, la divorarono, si presero tutto quello che lei aveva. Non era cambiato niente, nemmeno dopo quindici anni.

Quel cazzo di Asher Ellison era lì, in piedi, proprio di fronte a lei. Sebbene fosse rimasta relativamente calma quando l'avevano rapita e quando poi l'avevano scaraventata da una macchina, in un batter d'occhio tutta quella calma finì fuori dalla finestra.

Kira incespicò per alzarsi e corse via a gambe levate.

4

---

"Asher! Asher, lasciala *andare*! Non costringermi a disintegrarti!"

Non era che Asher non potesse udire Echo che gli strillava nell'orecchio. Più che altro era che non gli importava. Non gli importava di Echo, né di Rhys, che gli stringeva con forza la base del collo. Né di Mere Marie, che molto probabilmente avrebbe fatto qualcosa di molto peggio che disintegrarlo.

Adesso era l'orso ad avere il controllo e, ora come ora, all'orso interessava solo accovacciarsi e proteggere Kira da tutti gli esseri viventi del pianeta. Era una sorta di gratificazione ritardata, forse. Asher gli aveva negato la vista e il profumo della sua compagna per quasi quindici anni.

Adesso il suo orso non voleva far altro che prendersi quello che era suo. Non importava che tutt'attorno a loro ci fosse solo il caos. Non importava che quella piccola, deliziosa bionda tutta curve si dimenasse tra le sue braccia e gli avesse appena dato uno schiaffo.

Asher le affondò il viso nel collo, le leccò sfacciatamente

la pelle sensibile una volta o due mentre la stritolava nel suo abbraccio.

"Asher!" disse Kira emettendo un grido strozzato. Si contorse, e Asher strinse pericolosamente il suo abbraccio. Le ricordò di quanto la sua sola presenza bastasse a tormentarla. "Asher! Mettimi giù!"

Asher se la mise in spalla e sfrecciò in mezzo al resto dei Guardiani. Lui non ci stava capendo niente, perché lei fosse qui, come tutto questo fosse possibile. Ma all'orso dentro di lui non importava e, al momento, Asher si trovava abbastanza d'accordo con lui. Asher e l'orso sentiva che Kira doveva essere messa al sicuro nella loro camera da letto all'interno della Villa, e quindi era questo quello che stavano facendo.

Asher corse nella Villa, virò a sinistra e si diresse dritto verso il muro. La porta nascosta che Mere Marie aveva creato qualche giorno prima si aprì in risposta alla sua presenza e Asher vi passò attraverso, sapendo che nessuno degli altri Guardiani poteva seguirlo. La porta era magicamente adattata a lui, fornendogli così degli alloggi privati come quelli che avevano Rhys, Gabriel e Aeric.

Spalancò la porta con un calcio e non si fermò fino a quando non mise Kira sul bordo del letto. Le fece spalancare le ginocchia e le si piazzò in mezzo alle cosce. Le afferrò il mento per costringerla ad alzare quel suo sguardo di sfida, così da avere accesso a quello che bramava sopra ogni altra cosa: guardare a fondo negli abbaglianti occhi blu ghiaccio di Kira.

Non appena i loro sguardi si incrociarono, Asher si sentì come quando lei lo aveva guardato in quel modo per l'ultima volta. Una bellissima Kira di soli diciannove anni, avvolta nelle lenzuola di Asher, che si stringeva al suo corpo. Lo aveva guardato con quegli occhioni blu, le floride labbra rosse inarcate in un sorriso, e fu allora che Asher lo vide.

L'amore. L'amore vero, incondizionato. Non era solo una cosa di sesso, sebbene fossero insieme soltanto da pochi mesi. No, Kira lo guardò con un'unica e inconfondibile combinazione di affetto, eccitazione e divertimento. Quel suo sguardo gli offriva la sua fede, la sua accettazione, e una promessa per il futuro.

Un uomo migliore che avrebbe mantenuto quella promessa.

Un uomo migliore che avrebbe preso tutto quello che Kira Louise Hudson aveva da offrire.

Non Asher, però. Lui l'aveva guardata e aveva capito che non sarebbe mai stato in grado di ricambiare quell'amore, che sarebbe finito col distruggere tutto.

"Asher," disse Kira riportandolo al presente. "Smettila. Lasciami andare."

Spinse via la sua mano e lui la lasciò andare, ma quando provò ad allontanarlo lui rimase lì dov'era.

"Io non – non ti voglio così vicino," disse Kira accigliandosi e indietreggiando sul letto. "Non capisco. Cosa succede? Perché sei qui? E io che ci faccio qui? Hai... mi hai rapita?"

Le sue ultime parole erano gravide di paura e diffidenza, e Asher sentì quell'accusa colpirlo come un pugno.

"Non lo farei mai," ringhiò in risposta incrociando le braccia sul petto. Fece un passo indietro prima che il suo orso potesse farsi di nuovo avanti e prendere il controllo. Il suo orso aveva una voglia pazza di toccarla, di assaporarla. Non gli importava granché di quello che pensasse lei. Asher lottò contro i suoi istinti primordiali e provò a concentrarsi sulla parola *rapimento*. Se era successo qualcosa alla sua compagna, sicuro come la morte voleva sapere tutto per filo e per segno. "Dimmi cos'è successo."

L'espressione accusatoria di Kira crollò. Un momento dopo le lacrime le riempirono gli occhi e il suo labbro inferiore cominciò a tremolare.

"Io... io non sicura," riuscì a dire. "Stavo camminando per Baton Rouge –"

"Baton Rouge?" la interruppe Asher, stupefatto. "Perché non eri a Union City?"

Lì a Union City, Asher aveva assunto un mutaforma e gli aveva detto di tenerla d'occhio e fuori dai guai.

"Ho vissuto in Baton Rouge per tre anni," disse lei. "Tu non lo sai, certo, ma nonna Louise è morta qualche anno fa, e non c'era niente per me a Union City. Inoltre, la gente lì aveva cominciato a rendersi conto che non invecchiavo. Non puoi avere venticinque anni per sempre e sperare che nessuno se ne accorga. Se vivi nella stessa città per mezzo secolo, puoi incolpare i tuoi ottimi geni fino a un certo punto."

Asher si distrasse. Kira sembrava più vecchia di quanto non se la ricordasse lui. Ma lei aveva ragione. Erano passati quasi quindici anni dalla notte in cui lui l'aveva informata che si stava arruolando nei Marines e che non sarebbe tornato mai più.

Scacciando via quei pensieri, continuò: "Ti hanno rapita mentre eri in strada?" chiese.

Kira annuì velocemente.

"Mi hanno messa su un van, tenuta prigioniera in una cantina." Più parlava, più diventava visibilmente alterata, e Asher non poté fare a meno di afferrarle la mano. Intrecciò le dita con le sue e si godette il suo tocco senza lasciarla andare.

"Per quanto tempo?" disse Asher. "Voglio sapere tutto."

"Quattro giorni, forse cinque." Kira sollevò le spalle e deglutì; la delicata colonna del suo collo si incordò, mentre lei provava a restare calma. "E poi di nuovo il van e poi... e poi mi sono ritrovata qui."

"A chi hai parlato di me?" disse Asher, con la mente che saltava di palo in frasca. "Non escludere nessuno."

Kira soffocò una risata priva di gioia.

"Uh, a nessuno," disse, chiaramente evitando la domanda. "Non c'era niente da dire."

Asher non era d'accordo, per niente, ma ora non era il momento.

"Da quando te ne sei andata da Union City, non l'hai detto a nessuno?" chiese.

Kira contrasse le labbra, poi sospirò e sembrò soppesare la sua domanda con maggiore serietà.

"Forse al mio ex," ammise. "Non gli ho detto tutto... non che sia molto da dire –"

"Tu *cosa*?" sbottò Asher.

"Ahi!" gridò Kira tirando via la mano. "Cristo, così mi rompi le dita. Il mio ex ragazzo, Marshall Logan. Lo conosci. Un lupo mutaforma, capelli biondo cenere..."

Asher chiuse gli occhi per un momento, provando a scacciare la nebbia rossa che gli riempiva la vita. Conosceva Logan fin troppo bene, avevano servito assieme nei Marines.

E non solo quello: era Logan il mutaforma che lui pagava per tenere d'occhio Kira. Doveva tenerla al sicuro e lontana dagli altri uomini.

Presto avrebbe regolato i conti. Marshall Logan avrebbe imparato un paio di cosette riguardo al dolore, cose di gran lunga peggiori di tutti i suoi addestramenti nell'esercito.

Asher si costrinse a rilassarsi, a rilassare i pugni e la mascella. Quando aprì gli occhi aveva messo da parte Logan e l'espressione "ex ragazzo".

"Mi dispiace che sia successo, Kira. Te lo giuro, ti proteggerò," disse guardandola intensamente.

Kira inarcò un sopracciglio.

"Io non accetto le promesse di un bugiardo," sbottò ghignando.

Sentendo quella parola, *bugiardo*, Asher ritrasse le labbra e dovette sforzarsi di non mostrarle i denti.

"Io non ti ho mai mentito, Kira. Te l'ho detto che non sarei tornato," disse a denti stretti.

"Quella è l'unica promessa che non hai infranto," gli rispose lei. "Tutta quella roba che eri il mio compagno predestinato, che mi avresti protetto, che rinunciavi a tutte le altre..."

La rabbia inondò le vene di Asher: lui aveva *mantenuto* tutte quelle promesse, anche se Kira non lo sapeva.

[DA RIVEDERE]

"Tu sei la mia compagna predestinata," disse invece, il suo tono grave la sfidava a contraddirlo.

"Aha!" disse Kira. Lo stava semplicemente sfidando, ma Asher colse al volo l'opportunità per provarglielo, per provarle che loro due erano connessi a ogni livello immaginabile.

In un secondo, Asher fu sopra di lei, la fece distendere sul letto e la intrappolò sotto il suo corpo massiccio. Le affondò le dita nei capelli, l'altra mano le afferrò la mascella, e le sue labbra la baciarono.

Un bacio appassionato. Esigente. Arrabbiato.

Asher nutrì quel bacio con tutta la sua rabbia e la sua frustrazione, dissolvendo la resistenza di Kira con le sue labbra, la sua lingua e i suoi denti. Mordicchiandola, leccandola, mordicchiandola, fino a quando lei non si ravvivò. Kira si contorse sotto di lui, il suo corpo supportava tutto il suo peso, gli avvolse le braccia attorno al collo e gli graffiò le spalle con le unghie.

I soffici gemiti di piacere che lei si lasciò scappare, il suo seno schiacciato sotto il suo petto, il dolce rollio dei loro fianchi che ti toccavano, il modo in cui lei lo graffiava come un gatto selvaggio...

Questa. Era questa la Kira che Asher conosceva, la Kira che lui desiderava.

Ma nel giro di un istante qualcosa cambiò. Kira si bloccò

e lo spinse via. Asher provò a baciarla di nuovo e lei gli diede uno schiaffo.

Con forza, proprio sulla bocca.

"Togliti. Subito," lo minacciò Kira. "Levati dal cazzo, Asher. Non te lo lascio fare."

Asher indietreggiò dopo un momento, con prudenza.

"Ho bisogno..." cominciò a dire Kira, ma subito si fermò. Guardò con serietà la mano di Asher, la sua pelle. "Che cos'è quello?"

Asher guardò il suo pugno chiuso, distese la mano, il palmo all'ingiù. Entrambi guardarono i sottili svolazzi di inchiostro nero che andavano dal pollice al polso. Il tatuaggio era la sottile figura stilizzata di una rondine, un tocco di bellezza sullo sfondo aspro del corpo di Asher. Gli sconosciuti facevano spesso dei commenti al riguardo, e spesso veniva loro detto di andarsene a fare in culo.

"Un tatuaggio."

Kira inarcò un sopracciglio.

"Beh, non ci crederai, ma io ho lo stesso," disse Kira incrociando le braccia sul petto. "Proprio in mezzo al seno."

Asher la guardò senza dire nulla. Non voleva dare spiegazioni.

"Ma la cosa divertente," proseguì Kira, "è che me lo sono fatta dopo che te n'eri andato, e che tu non l'hai mai visto di persona. E quindi come fai ad avere esattamente lo stesso tatuaggio?"

Che cosa voleva che dicesse? Che le sue spie lo avevano informato delle sue frequenti visite dal tatuatore? Che aveva rintracciato l'artista, considerando in modo del tutto sincero l'idiota che aveva osato marchiare l'unica donna che Asher non poteva fare sua? E che, alla fine, seguendo un impulso dell'ultimo minuto, aveva deciso di farsi marchiare in modo indelebile dal disegno fatto a mano da Kira?

Eh no, non gliel'avrebbe detta tutta quella roba.

"Va bene. Sai cosa? Non penso che tu debba dare spiegazioni. Sei lo stesso stronzo che eri, quando te ne sei andato. Quindi..." Kira scese dal letto allontanandosi da Asher. La sua espressione si fece severa. "Devo farmi la doccia, e poi voglio dormire."

"E allora fatti la doccia e dormi," disse Asher guardandola in modo strambo. Sapeva lei che tutto quello che era suo le apparteneva?

"Da sola," disse abbassando la voce fino a un sussurro. "Voglio restare da sola. Io – io non posso fare tutto questo adesso. È troppo."

"C'è una stanza per gli ospiti," disse Asher sentendosi immediatamente colpevole.

"Da che parte?" chiese Kira.

"Vieni," sospirò Asher. La sua mente vagava a ruota libera, mille pensieri gli riempivano la testa, una sensazione quasi stordente. Accompagnò Kira verso la camera degli ospiti e le mostrò il bagno privato e tutti i comfort a sua disposizione.

"Fa' con comodo," le disse Asher uscendo dalla stanza degli ospiti. "Qui sei al sicuro. Dopo penseremo a tutto il resto, quindi non preoccuparti di... lo sai, delle cose tra noi due."

Con la mano sulla maniglia, Kira si fermò per un momento.

"Asher, non dobbiamo pensare proprio a niente. Non c'è più niente tra di noi."

Prima che Asher potesse dire anche una sola parola, Kira gli chiuse la porta in faccia.

Asher rimase lì, basito. Ritornando verso la sua stanza, la parte del suo cervello che faceva ancora parte dei Marines stava già calcolando tutto, già faceva piani per tenere Kira al sicuro.

Il suo orso, però, era tutto un altro paio di maniche. Le

parole di Kira lo avevano ferito del profondo, molto più a fondo di quanto Asher non credesse possibile.

Poteva essere vero? Davvero aveva perduto l'amore di Kira per sempre?

5

Dopo essere uscita dalla doccia più calda e più lunga che avesse mai fatto in vita sua, Kira trovò un pigiama di cotone grigio nell'armadio della stanza degli ospiti di Asher e se lo mise addosso. Si arrampicò sul grande letto, emozionalmente e fisicamente esausta. Si raggomitolò contro una montagna di cuscini e un piumino soffice e spesso e, nel giro di un istante, si addormentò.

Quando aprì gli occhi, restò lì distesa a lungo, più che altro provando a digerire i dettagli della sua situazione. E doveva anche lottare contro la fatica accumulata e i muscoli che le facevano male.

*Eeeeeee* forse voleva anche evitare Asher, giusto un tantinello. Kira non era tipo da piangersi addosso. Le piaceva agire. Preferiva stabilire un obiettivo, spezzettarlo in tanti piccoli passi più facilmente gestibili e poi conquistarlo.

E quale era la lista delle cose da fare per gestire il fatto di poter di nuovo vedere e toccare quell'unica persona che pensava che non avrebbe mai più rivisto in vita sua?

Quale lista delle cose da fare poteva buttare giù per

proteggersi da lui, per essere sicura di non perdere di nuovo il proprio cuore?

Si tirò le coperte fin sotto al mento e si nascose per un altro po', ripensando al passato. Il suo cuore infranto non era tutta colpa di Asher. Certo, lui si era comportato in modo imperdonabile. Partire per arruolarsi nei Marines senza quasi salutarla...

No, non si fa. Ma il vero problema era che Kira non aveva trovato nessun altro da cui accorrere quando Asher l'aveva lasciata. Lei lo vedeva come il suo grande amore, ma, in realtà, Asher era anche il suo migliore amico. Il suo unico amico, oltre a sua nonna.

Kira era sempre stata un tipo solitario. Sua madre morì quando Kira era ancora una bambina, lasciandola con sua nonna e un giovane padre sfigato. Suo padre lavorava a un impianto di trivellazione e si occupava del pericolosissimo lavoro di manutenzione e, un giorno, semplicemente non tornò a casa. Era questa la storia che sua nonna Louise le raccontava, sebbene Kira non avesse mai capito se ciò significasse che suo padre era morto, oppure se se l'era data a gamba.

Di suo padre aveva un unico ricordo sfocato, e neanche uno di sua madre. Per quanto le riguardava, ormai era acqua passata. Certe persone hanno genitori, fratelli e sorelle; Kira aveva nonna Louise.

Attraversò gli anni di scuola da solitaria, preferendo la biblioteca al prato. Alle superiori, a mano a mano che cresceva, i suoi poteri cominciavano ad affiorare più di frequente, non facendo altro che aumentare la distanza tra lei e gli altri ragazzini. Terrorizzata dall'idea che uno dei suoi compagni di scuola potesse sorprenderla a rianimare un gerbillo morto o un letto di violette appassite, ogni giorno Kira usciva di corsa dalla classe non vedendo l'ora di ritrovarsi tra i muri confortevoli di casa sua.

E questo di certo non aveva contribuito alla sua popolarità. Dovette aspettare l'ultimo anno delle superiori per baciare il suo primo ragazzo, dal momento che la sua attività principale una volta finite le lezioni era di passare del tempo con sua nonna.

Invece di giocare a pallavolo o di unirsi all'unione studentesca, Kira teneva la testa bassa e passava i pomeriggi a guardare le telenovele spagnole con nonna Louise. Nessuna di loro due sapeva lo spagnolo, ma si divertivano un sacco a guardarle provando a indovinare cosa diavolo stesse succedendo.

Fino a quando non arrivò Asher e cambiò tutto.

Un giorno, uscendo da scuola, Kira andò letteralmente a sbattergli contro, e ci mancò un soffio che non si spezzasse il collo contro quel suo petto duro come la roccia. Alzò gli occhi e vide che l'uomo più bello del mondo la stava guardando con chiaro interesse e presto si ritrovò risucchiata dal vortice dei suoi occhi incredibilmente neri.

Le ci volle un istante per riprendersi. Arrossendo, si girò per scappare il più velocemente possibile... ma la mano di Asher le strinse il polso.

"Ci conosciamo?" chiese lui.

Quelle due parole diedero il via a una storia d'amore da favole, estirparono Kira dal suo guscio e la aiutarono a sbocciare e a diventare una donna. E tutto quello che accadde dopo fu così veloce. Da allora, Kira non provò mai le stesse cose con qualcun altro, nonostante un mucchio di appuntamenti, e così attribuì la sua infatuazione alla giovinezza. Adolescenti, ormoni, primo amore. Tutte quelle stronzate.

"In pratica, ero una scema," borbottò Kira ad alta voce.

Si tolse la coperta di dosso, si mise a sedere e uscì dal letto. Il suo corpo non fece che protestare, ma non c'era altra scelta. Si trascinò verso il bagno e scoprì che i suoi vestiti erano spariti. Tutto il bagno era stato pulito e, quindi, la misteriosa domestica doveva aver semplicemente gettato i vestiti di Kira nella spazzatura.

Sospirando, Kira si rassegnò a restare in pigiama. Aveva visto qualche vestito nell'armadio, ma non voleva approfittarne più di quanto non avesse già fatto.

D'accordo, a dirla tutta, non voleva dover accettare la carità da Asher. Una doccia e una buona notte di riposo erano più che sufficienti, oltre al pigiama che ogni probabilità non gli avrebbe mai ridato. Kira sospirò, chiedendosi come diavolo avrebbe fatto a tornare a Baton Rouge.

A questo punto, le sue scelte erano due: chiedere ad Asher o chiamare il suo ex fidanzato. Nessuna delle due sembrava appetibile. Asher aveva insinuato che forse Logan l'aveva svenduta, e quindi forse non era una buona idea chiamarlo. E poi, di nuovo, andava tutto a favore di Asher, se lei gli chiedeva di aiutarla. Posto che lui volesse farlo...

Beh... ma che diavolo voleva lui, di preciso? Kira non ne aveva la più pallida idea. Asher era enigmatico come sempre e provare a capirlo le faceva venire l'emicrania.

A quanto sembrava certe cose non cambiavano mai. Come Asher, che anni fa aveva l'aveva chiaramente informata riguardo alle proprie intenzioni e ai propri desideri. Le aveva detto che non sarebbe ritornato mai più, che lei doveva continuare per la sua strada. E così avevano fatto.

... per la maggior parte.

Kira scosse il capo e si chiese come potesse mai avere un pensiero positivo su Asher, per non parlare di uno romantico. Uscì dalla camera degli ospiti e percorse il corridoio fino alla porta nascosta. La attraversò e si ritrovò in un ampio ingresso rivestito di marmo.

Provando a non imbambolarsi come un bifolco di campagna qualunque, Kira sentì la pietra fredda sotto i piedi e si rese conto che non sarebbe andata lontana senza scarpe. O senza denaro. O senza un documento di riconoscimento...

Imprecò sottovoce e si allontanò dall'entrata principale per addentrarsi nella casa, per provare a trovare qualcuno che potesse darle un paio di scarpe, magari un passaggio o... qualunque cosa oltre al grosso nulla che possedeva al momento.

Quando Kira entrò nell'enorme stanza che conteneva la cucina, il salone e quello che sembrava essere un tavolo per le conferenze, si bloccò. In piedi vicino al grosso tavolo, le braccia incrociate, c'era la piccola creola dalla pelle chiara che aveva visto brevemente il giorno prima. Indossava uno svolazzante vestito color ametista e un foulard di cotone bianco, con dei delicati gioielli d'oro che le luccicavano sui lobi delle orecchie, i polsi e il collo.

"Oh, eccoti," disse la donna guardando Kira con un'espressione impaziente. "Pensavo che avresti dormito tutto il giorno. Mi chiamo Mere Maria."

La donna si alzò e fece cenno a Kira di avvicinarsi.

"Speravo di poter rimediare un passaggio per Baton Rouge. E magari un paio di scarpe," disse Kira a fatica. C'era qualcosa in Mere Marie di cui Kira non si fidava, sebbene non sarebbe stata in grado di dire cosa nemmeno per tutto l'oro del mondo.

"A tempo debito," disse Mere Marie agitando la mano verso Kira. "Siediti, mangia qualcosa. Devi avere una fame..."

Aveva ragione. Kira stava morendo di fame. La fame era in basso sulla lista dei bisogni da soddisfare, e quindi non ci aveva pensato più di tanto.

"Abbastanza... ma non voglio disturbare," disse Kira avvicinandosi al tavolo e sedendosi dall'altro lato.

Ora che Kira era più vicina alla donna, riusciva a sentire la magia che irradiava dal suo corpo. Chiaramente Mere

Marie era un qualche tipo di strega, e una potente, per giunta. Di per sé, questo non era un problema per Kira: anche sua nonna era una sorta di strega influenzata dal voodoo, passando il tempo a confezionare sacchetti pieni di erbe per curare le malattie e portare fortuna.

Quando Kira guardava sua nonna, a volte riusciva a vedere la magia che le fluttuava attorno. Una soffice luce gialla e viola che aleggiava vicino alla sua pelle. Ma questa strega era del tutto diversa. Kira strizzò gli occhi per provare a vedere i colori della sua magia, e vide una caotica miscela di colori, alcuni chiari, alcuni scuri; alcuni vividi, altri pallidi. Certe aree erano bianche come la neve; altre erano grigio scuro. Tutti i colori turbinavano mescolandosi gli uni con gli altri. E a Kira venne la pelle d'oca.

"Riesci a vedere le auree," disse Mere Marie facendo saltare Kira sulla sedia. Kira la guardò e arrossì. Per qualche motivo, le venne l'idea che Mere Marie ritenesse scortese esaminare in modo tanto sfacciato la magia di qualcun altro.

"Uh, penso. Vedo dei colori," disse Kira facendo una smorfia dinanzi alle sue parole tanto sciocche. Non le venivano le parole, le era impossibile esprimersi con chiarezza.

"Con un po' di esercizio, riuscirai a vederle senza doverti sforzare così tanto," la informò Mere Marie. "Una strega esperta riesce a leggere le auree senza che nessuno attorno a lei se ne accorga."

Prima che Kira potesse rispondere, Mere Marie si diresse verso la cucina gridando: "Duverjay! Duverjay!" Kira restò sbalordita per un istante e poi un cameriere vestito elegante apparve facendo un live inchino verso Mere Marie.

"Lui è Duverjay, il nostro maggiordomo," disse Mere Marie. "Duverjay, Kira ha fame. Potresti prepararle qualcosa?"

"Cosa preferisce, madame?" chiese Duverjay a Kira inclinando il capo. "Magari un'omelette? Abbiamo anche della frutta fresca e del pane integrale."

"Oh," disse Kira presa alla sprovvista. Si aspettava un panino o... beh, qualcosa di meno complicato. "Non voglio darle fastidio, signore."

Duverjay sollevò un sopracciglio, e Kira non riuscì a capire se fosse per l'avversione o la sorpresa.

"Nessun disturbo. Se preferisce, posso preparare qualcos'altro. Abbiamo dell'ottimo filet mignon, asparagi e patate. O forse un'insalata con del petto di pollo alla griglia? Qualunque cosa."

"Oh. Uh. Beh, l'omelette andrà benissimo," disse Kira sentendosi sopraffatta dall'ampia scelta.

"Arriva subito," disse il maggiordomo sposandosi in cucina.

Mere Marie girò intorno al tavolo.

"Perfetto. E adesso parliamo per un istante, mia cara," disse Mere Marie. La parola *cara* suonò strana pronunciata da lei, e Kira si fece l'idea che Mere Marie non era abituata ai nomignoli.

"Mi leverò dai piedi presto, lo prometto," disse Kira schiarendosi la gola. Mere Marie si sedette di fianco a Kira, e Kira fece tutto il possibile per non balzare in piedi e scappare via.

Ed eccolo di nuovo, il piccolo segnale di avvertimento che sentiva nella nuca. C'era qualcosa in questa strega che le faceva drizzare i peli del braccio e del collo.

"Stai rispondendo alla mia magia," disse Mere Marie inclinando il capo per esaminare Kira da vicino. "E non in un modo positivo, sembrerebbe."

"Mi dispiace," disse Kira arricciando il naso. "Non la capisco."

"La tua magia è puramente bianca, e la mia è... diciamo grigia," disse Mere Marie contraendo le labbra. "Non l'hai usata molto ed è per questo che percepisci la magia di tutti gli altri a questo modo."

"Che intende con puramente bianca?" chiese Kira.

"Da bambini, tutti cominciano con la magia bianca. Prima che tu utilizzi la tua magia in modo intenzionale, la tua magia è pura. Senza macchia. Non l'hai mai usata per qualcosa di egoistico, non hai mai lanciato un incantesimo per influire su qualcuno in modo negativo. A mano a mano che una strega fa esperienza nella propria arte, prende delle decisioni, sceglie come utilizzare la propria magia. Più ti eserciti, più aumentano le probabilità di dover affrontare una decisione difficile, di ritrovarti in una situazione in cui vuoi o hai bisogno di usare la tua magia per qualcosa di diverso da un atto del tutto altruista. Anche quando lancia un piccolo incantesimo per aiutare o difendere te stessa, o se maledici qualcuno in un modo sciocco, la tua aura si macchia."

"E allora perché la sua aura ha così tanti colori? Ha maledetto molte persone?" chiese Kira per provare a capirci qualcosa.

Mere Marie scoppiò a ridere.

"Mia cara, ho vissuto per secoli e ho fatto ogni incantesimo possibile. Tutte quelle scelte si riflettono sulla mia aura. L'unica cosa che non ho mai fatto è la magia nera pura. Altrimenti lo sapresti: la mia aura sarebbe tutta sangue e inchiostro."

"La magia nera è quello che sembra?" chiese Kira.

"Richiede il sacrificio di un essere vivente," disse Mere Marie annuendo. "È una cosa terribile. Dubito di riuscire a stare anche a venti metri di distanza da uno stregone nero."

"E chi vorrebbe esserlo?" chiese Kira.

"Oh, ti sorprenderebbe. Delle persone disperate alla ricerca di una soluzione ai loro problemi, tanto per dirne una."

Kira ci pensò e fece spallucce.

"Non importa. Io ritornerò a Baton Rouge il prima possibile, e dubito che lì ci siano molte streghe malvagie. Io ho a malapena un po' di potere, e voglio che se ne resti lì dov'è, così nessuno verrà a cercarmi mai più," disse.

Mere Marie si fermò. Guardò Kira con attenzione, e dopo un minuto il suo sguardo la fece arrossire e tremare.

"Hai detto che non hai un grande potere?" chiese Mere Marie, severa.

"No, non molto," disse Kira. Quelle parole sapevano di menzogna, ma era la verità.

"Aspetta qui." Mere Marie si alzò e sparì dalla stanza.

Kira aspettò e accettò con gratitudine il pasto preparatole dal maggiordomo. Mangiò l'omelette e la frutta. Quando ebbe quasi finito di mangiare, Mere Marie ritornò portando con sé uno specchio enorme con i bordi meravigliosamente dorati.

Kira guardò Mere Marie, mentre metteva lo specchio disteso sul tavolo, di fianco al piatto, e poi vi poggiava sopra un piccolo pugnale argentato. Mere Marie scansò una sedia e poi si voltò verso Kira, in attesa.

Kira inghiottì un pezzo di omelette e guardò Mere Marie.

"Cosa?" chiese.

"Alzati?" disse Mere Marie tirando fuori un fazzoletto bianco dalla tasca. "Abbiamo bisogno di un po' di sangue. Giusto qualche goccia."

Mere Marie prese il pugnale e glielo mise in mano, facendole capire che doveva pungersi il dito. L'ultimo accenno di fame di Kira svanì; non era una grande fan del sangue in generale, e vedere il suo stesso sangue la faceva venire la nausea.

Mordendosi il labbro, Kira fece un taglietto minuscolo sulla punta del suo dito medio. Per fortuna la lama era ben affilata e quasi non sentì che la tagliava. Una grossa goccia di sangue si gonfiò. Mere Marie afferrò la mano di Kira e gliela girò poggiandola sullo specchio.

La donna chiuse gli occhi e cantò una serie di parole incomprensibili, e a Kira venne la pelle d'oca. Lo specchio avvampò, riflesse una scena...

Kira e Mere Marie abbassarono gli occhi per guardare, e lo specchio mostrò un'immagine che smosse qualcosa dentro Kira, una memoria sbiadita. Si sporse in avanti, accigliata. Solo la mano di Mere Marie che le bloccava la sua sullo specchio impedì a Kira di balzare all'indietro quando riconobbe la scena.

Era un'ampia radura erbosa dietro al luna park di Union City, un luogo dove i ragazzini delle superiori parcheggiavano i loro pick-up, aprivano i portelloni e ci davano dentro con le feste. Qualcuno accendeva sempre un grande falò e la festa andava avanti fino a quando non si spegneva.

Nello specchio, la radura era al buio, con un mucchio di gente e una dozzina di camioncini parcheggiati a semicerchio. Della musica proveniva dagli stereo delle macchine e i ragazzini se ne stavano seduti sui portelloni o sulle balle di fieno, bevendo da bicchieri di plastica rossa e scolandosi lattine di birra a buon mercato. Bottiglie senza etichetta di liquori chiari circolavano di mano in mano, il cosiddetto "lampo bianco" – il moonshine, senza dubbio rubato dal mucchio di qualche genitore.

"Non voglio vederlo," mormorò Kira. Ma Mere Marie le premette con forza la mano sullo specchio. Kira si sentì indifesa. Era costretta a guardare, anche se si ricordava di quella notte fin troppo bene.

Kira intravide Asher nell'angolo lontano, in piedi assieme a un paio di amici suoi che prendeva grandi sorsate di moonshine. Poi vide sé stessa sbucare da dietro uno dei pickup, ridacchiando e incespicando, una bottiglia di alcool in mano. Da lontano, era divertente; quella notte Kira non si era accorta che Asher aveva passato tutto il tempo a fissarla, sembrando incazzato oltremodo.

Aveva senso. Era quella la notte in cui le aveva detto che se ne sarebbe andato, era passata un'ora e mezzo da quando lui aveva pronunciato quelle parole. Kira era scappata dal suo letto e si era diretta verso il falò alla ricerca di uno svago per il suo cuore infranto. E lo aveva trovato in quella bottiglia di liquore... almeno per un po'.

Sapendo già cosa stava per succedere, Kira mosse lo sguardo verso l'altro lato dello schermo. Come si aspettava, trovò Dan Jones che si scolava una bottiglia di moonshine e ne sputava un po' nel fuoco. Dan era un ragazzo dell'ultimo anno che frequentava la stessa scuola di Kira, un appariscente sbruffone, un giocatore di football troppo figo per accorgersi dell'esistenza di una silenziosa imbranata come Kira. A lei Dan non era mai piaciuto, ma da lì a poco lo avrebbe conosciuto fin troppo bene.

Dan barcollava, era diventato verde. In meno di un minuto era caduto a faccia avanti. Quando molti dei ragazzini vicino a lui si misero a urlare e si avvicinarono per controllare come stava, Kira vide sé stessa avvicinarsi con fare curioso.

Passò un minuto, poi un altro. Nessuno era un grado di risvegliare Dan dal suo svenimento causato dall'alcool. Una brunetta magrolina stava provando a fargli la respirazione bocca a bocca e il massaggio cardiaco. Niente.

Un colpo. Un colpo. Una scarica, quasi. Kira se lo ricordava perfettamente, quel lento, persistente battito nella sua testa. Prese a fissare Dan. Le venne in mente un'idea divertentissima. Per un momento, era certa di poter udire il battito cardiaco di Dan. Sempre più lento, sempre più lento...

E poi il silenzio.

Non appena la gente cominciò ad allontanarsi – alcuni saltarono sui loro pick-up e schizzarono via – Kira si lanciò verso Dan. Non aveva idea di cosa stesse facendo, ma *aveva bisogno* di toccarlo. Le sue ginocchia sbatterono sul terreno vicino al corpo di Dan, le sue mani si poggiarono sul suo petto...

Poi, Kira non ricordava più nulla.

Ma dentro lo specchio, Kira si bloccò completamente per un istante; poi cominciò a tremare e i suoi occhi si girarono all'insù. Alcuni ragazzi erano rimasti lì a guardare, ma la maggior parte se l'era già data a gambe. Asher apparve al suo fianco, pallido come un lenzuolo, ma senza interferire.

Poi Kira sembrò svenire, cadde da un lato senza un pizzico di grazia o coscienza. Dan si contorse, poi si mise a sedere e si vomitò addosso.

Asher si chinò e prese Kira tra le braccia per portarla via...

Mere Marie tirò via la mano di Kira dallo specchio e la guardò con un'espressione compiaciuta.

"Quindi è questo quello che tu chiami «a malapena un po' di potere»?" chiese la strega pulendo il dito insanguinato di Kira con il fazzoletto.

"È successo una volta sola. Non sono stata nemmeno io a farlo. La magia mi fu come strappata via," protestò Kira.

"Perché non eri addestrata a utilizzare il tuo potere. Non ho mai conosciuto un *Résurrecteur* di persona, ma ne ho sentito parlare. Molto," disse Mere Marie.

"Come l'ha chiamato?" chiese Kira stupefatta.

"Un *Résurrecteur*. È francese, viene da *ressusciter,* che significa «far vivere di nuovo». Un Risuscitatore, in pratica." Mere Marie pronunciava quelle parole in modo in modo perfetto, facendo trapelare un'erudizione di cui Kira non avrebbe mai sospettato. "Sei un raro prodigio, hai un potere che tutti i criminali del mondo vorrebbero. Puoi far alzare i morti e comandarli. Puoi instillare il soffio vitale in un cadavere. Qualcuno riesce a imitare le tue abilità, ne sono sicura, ma pensaci. Se la gente scoprisse quello che sei in grado di fare, venire rapita sarebbe l'ultimo dei tuoi problemi."

Mere Marie si schiarì la gola e fece un passò indietro riprendendosi il fazzoletto.

"Aspetti," disse Kira. "Voglio tenerlo, per favore. Preferirei che il mio sangue restasse con me, se non le dispiace."

Stese la mano e aspettò. Mere Marie le diede il fazzoletto con un po' di titubanza. Kira inumidì il fazzoletto con la lingua e poi pulì anche lo specchio e il pugnale per assicurarsi che Mere Marie non avesse neanche una goccia del suo sangue. Non la conosceva abbastanza bene, ma pensava che era meglio se non le lasciava tracce di sangue o capelli.

"Bene," disse Mere Marie con un sospiro. "Penso che possiamo affermare con una certa sicurezza che non puoi andartene a zonzo per Baton Rouge sperando che nessuno comprenda la portata dei tuoi poteri. E dal momento che, a quanto pare, ti hanno già rapita, tenuta prigioniera, e gettata poi a centinaia di miglia da casa tua, sono abbastanza sicura che qualcuno lo sappia già, cosa sei. A giudicare dalla reazione di Asher, sei qui per lui... è solo che non so il perché."

Guardò Kira con uno sguardò interrogativo, ma Kira si limitò a fare spallucce.

"Nemmeno io lo so, il perché. Non c'è niente tra me e Asher."

Mere Marie sbuffò.

"Non essere ridicola. Voi siete compagni predestinati. È chiaro come il sole," disse Mere Marie alzando gli occhi al cielo. "Non so perché tutti i Guardiani finiscano con donne che non fanno altro che negare e negare e negare. È sfiancante, credimi."

"È tutto finito molto tempo fa," insistette Kira.

"Come se contasse qualcosa," disse Mere Marie facendo un gesto sprezzante con la mano. "Senti, non dobbiamo parlare dei tuoi problemi con Asher. Infatti, non mi interessano neanche un po'. Mi interessa, però, che tu stia alla larga dalla magia nera. Se dovessi sceglierla, metteresti l'intera città in ginocchio. Forse tutto il mondo. Mi vengono i brividi solo a pensarci."

"E quindi vuole che resti qui per chissà quanto tempo, evitando Asher?" chiese Kira accigliandosi.

"Voglio che tu resti qui e impari a controllare il tuo potere. Ho i libri e la conoscenza pratica necessari. Posso aiutarti. In cambio, resta il più lontano possibile da... influenze di altro tipo," disse Mere Marie. Kira si chiese che tipo di *influenze*, ma non importava poi molto. Era probabilmente la miglior offerta che potesse ricevere.

Inoltre, di certo avrebbe potuto abituarsi alle omelette del maggiordomo...

"Va bene," disse. "Ma voglio una stanza lontana da quella di Asher."

"Ah-a!" disse Mere Marie. "Non penso proprio. È un Guardiano, e un Guardiano ha bisogno della propria compagna per funzionare. Non sto dicendo che devi infilarti nel letto con lui, ma Asher ha bisogno di sapere che sei al sicuro. Non posso mandarlo là fuori, in pattuglia, a squarciare i demoni se si preoccupa per te. Finirebbe per farsi del male. No, madame, tu non ti muovi."

"Lei non capisce," disse Kira sentendo il bisogno di spiegarsi. "Lui mi ha lasciata. Mi ha abbandonata. Me, che dovevo essere la sua compagna per l'eternità. L'ho aspettato per anni e non è mai ritornato. Temevo così tanto che non mi avrebbe trovata quando fosse tornato che non sono mai andata da nessuna parte, non ho mai fatto niente da sola. Vivo in uno stato col mare e non sono mai stata su una cavolo di spiaggia! Non ho fatto altro che leggere e sperare che, magari, un giorno sarebbe ritornato... ma qui sembra che lui sia a suo agio. Asher non ha bisogno di me o non mi vuole, e quindi si rigiri la nostra non-relazione come le pare solo per ottenere quello che vuole da me. Non è giusto."

La voce di Kira si infranse pronunciando l'ultima parola e si portò la mano sulla fronte per coprirsi gli occhi e non guardare Mere Marie. Udì il sospiro irritato della donna e si aspettò che Mere Marie la rimproverasse di nuovo. E invece, niente.

Alzò lo sguardo e vide che Mere Marie se n'era andata. A meno di dieci metri c'era Asher che la fissava con una fascinazione intensa. Kira divenne subito rossa come un pomodoro e si asciugò le lacrime che cominciaro a uscirle dagli occhi.

"Hai sentito tutto?" chiese ad Asher accorgendosi di quanto patetica sembrasse. Si sentiva uno straccio.

"Sì," l'espressione greve. "Kira..."

"Sta' zitto," disse Kira balzando in piedi. "Lasciami, che ne so, almeno un grammo di dignità. Non posso farlo adesso.

La codardia di Kira la fece schizzare fuori dalla stanza, senza poter fare a meno di dirigersi verso la porta segreta. Entrò nella stanza degli ospiti in tempo record e sbatté con forza la porta. Si accasciò a terra.

Premette la faccia contro la fredda superficie di legno della porta e sentì che la marea delle emozioni che aveva tenuto rinchiuse cominciava ad innalzarsi. Indifesa, senza voglia di far nulla, la lasciò fare.

Per la prima volta da quando era morta sua nonna, Kira Hudson si permise di piangere.

# 6

In piedi nel salone della Villa, Asher guardava Kira che parlava in giardino con Mere Marie. Mere Marie le stava insegnando come usare nel modo corretto la bacchetta magica. Ognuna di loro ne aveva in mano una e utilizzavano la bacchetta per far sollevare le foglie dall'erba e farle roteare disegnando dei cerchi gentili. Kira muoveva la propria bacchetta rimescolando ogni singola foglia nel giardino e facendo cadere una cascata di foglie fresche dalle querce ombrose sopra di lei.

Gettò la testa all'indietro e rise, e persino Mere Marie sembrava divertita. Asher comprendeva quella sensazione fin troppo bene: quando era felice, Kira era irresistibile. Quando era triste, però, Asher si sentiva come se stesse affogando, come se il desiderio che aveva di rallegrarla gli impedisse di respirare.

Era un circolo pericoloso, voler aggiustare tutto quanto nel mondo di Kira. Quella responsabilità – sebbene Kira non gli avesse mai chiesto nulla – fu uno dei motivi per cui Asher si allontanò.

Asher strinse i pugni. Non voleva pensare al passato. I

vecchi ricordi inondarono lo spazio tra lui e Kira, alzando la più alta delle barriere. Per tutta la settimana, Kira non lo aveva guardato negli occhi, né gli aveva parlato.

Era andato contro i suoi desideri. Aveva assunto qualcuno per vivere a casa sua a Union City e dar da mangiare al gatto. Ma, più che altro, per fare la guardia contro eventuali invasori, anche se questo Kira non lo sapeva. Asher aveva anche chiamato il proprietario del bar dove lavorava e gli aveva detto chiaro e tondo che Kira si trovava in pericolo e che molto probabilmente non sarebbe tornata al lavoro per un bel po'. Quando Kira aveva scoperto che Asher aveva fatto tutte queste cose senza nemmeno consultarla, aveva deciso di punirlo con il silenzio.

Kira aveva un'abilità speciale: l'abilità di escludere qualcuno, di far finta che non esistesse, e Asher era la prima volta che ci passava. E, ad essere onesti, non gli stava piacendo granché.

E poi, lui non aveva fatto la stessa cosa con lei? Quindici anni fa l'aveva trascurata, e per quindici anni le era stato alla larga. E, se non gli fosse praticamente finita addosso, ne sarebbero passati ancora di più di anni.

Ma non troppi. Già da tempo Asher aveva cominciato a sentire una pulsione, la sensazione che gli mancasse una parte di sé, di non essere mai completo. Gli ultimi cinque anni erano stati particolarmente duri. Aveva lasciato l'esercito e aveva viaggiato alla ricerca di un lavoro e di un po' di svago.

Sospirando, Asher si girò verso Duverjay, che stava a diversi metri da lui.

"Hai preparato tutto quello che le serve?" chiese Asher al maggiordomo.

"Penso di sì, signore," rispose Duverjay. "Mi sono preso la libertà di sistemare tutto nella Mercedes Classe C. Ecco le chiavi."

Duverjay gli diede uno snello portachiavi nero e Asher lo prese senza ringraziarlo. Duverjay aveva preparato tutto il necessario per questa sorpresa di cui sentiva un gran bisogno.

Ora si trattava solo di convincere Kira.

Asher, per sua fortuna, sapeva cosa pensasse Mere Marie della loro relazione. Sapere che era dalla sua parte, che anche lei si aspettava che le cose tra Asher e Kira si aggiustassero, Asher pensò di avere un po' di libertà di azione.

E quindi si era aggrappato a quell'esile consapevolezza e ne aveva fatto una montagna. Facendo un respiro profondo, Asher ricordò a sé stesso l'uomo che era, le cose che aveva passato. Dopo essere stato bombardato in ogni angolo del Medio Oriente, di certo non avrebbe permesso a questa biondina di spaventarlo.

Prima che potesse cambiare idea, Asher spalancò le porte francesi del paio che conduceva al giardino e uscì fuori. Mere Marie e Kira si voltarono verso di lui, entrambe con uno sguardo sorpreso. Asher non disse nulla, non offrì nessuna spiegazione.

Tolse la bacchetta dalle dita di Kira, la lanciò a Mere Marie e poi afferrò Kira.

"Cos – Asher!" strillò Kira, mentre lui se la metteva in spalla.

"Torneremo più tardi," disse Asher a Mere Marie.

Avvolse un braccio attorno alla vita di Kira per tenerla ferma e la portò fuori attraverso la porta principale, dritto verso la cappottabile che era lì in attesa. Quando Kira vide la macchina, si mise a strillare e a scalciare. Asher usò la mano liberà per darle un sonoro schiaffo sul suo culo vestito Denim e zittire le sue proteste.

Per fortuna che il tettuccio era abbassato: Asher gettò Kira dentro la macchina e balzò dentro a sua volta.

"Asher, che cosa stai facendo?" La voce di Kira era bassa, il tono mortalmente serio.

"Mettiti la cintura," disse Asher. Lui si mise la sua e partì prima che Kira potesse provare a scappare.

"Mi stai veramente rapendo?" chiese Kira alzando la voce, allarmata.

Asher la guardò in modo calmo, alzando gli occhi al cielo.

"Non lo so, Kira. Pensi che potrei farti del male?" le chiese. Odiava non essere sicuro di come lei avrebbe risposto, ma non poteva farci niente.

Kira premette le labbra formando una sottile linea bianca e si allacciò la cintura. Il mattino era limpido e bellissimo, con quella temperatura perfetta che faceva innamorare la gente di New Orleans.

"Non sono io quella che voleva rimanere qui," disse Kira dopo un minuto. "Se volevi che restassi a Baton Rouge, avresti potuto dirlo."

Asher si accigliò e scosse la testa.

"Non stiamo andando a Baton Rouge," disse.

"Union City?" chiese Kira con voce preoccupata.

"Nemmeno. Andiamo ad est."

"Asher –" cominciò a dire Kira, ma Asher la interruppe.

"Andiamo a fare una gita. Sul sedile di dietro abbiamo da mangiare, da bere e quella salutare frutta secca che ti piace tanto. Arriveremo tra un'ora. Tu... scegli una stazione radio, rilassati e goditi il tragitto, ok?" Asher finì la frase in tutta fretta, sempre più frustrato dal fatto che Kira non si fidasse di lui.

Di nuovo, non che lui si meritasse la sua fiducia, ma la bassa opinione che Kira aveva di lui era come un coltello nello stomaco. Kira si accigliò e accese la radio cercando il noioso telegiornale che tanto le piaceva. Asher non ascoltava molta musica, ma quella che gli piaceva era assordante e arrabbiata.

Le notizie sugli scrittori famosi e i vecchi che facevano battute sulle auto non erano esattamente il suo forte, ma sembrò che aiutassero Kira a calmarsi. Asher tirò su i finestrini così da poter sentire la radio anche mentre guidava.

Una volta che si ritrovarono sulla superstrada, Kira aprì una bottiglietta d'acqua e prese la frutta secca guardando il pacchetto con aria diffidente.

"Non è quella che ti piace?" chiese Asher alzando la voce per farsi sentire al di sopra del vento e della radio.

Kira lo guardò con un'espressione imperscrutabile. Annuì velocemente e poi distolse lo sguardo. Cambiò stazione. Se ne stette in silenzio per la maggior parte del tempo, senza reagire quando passarono vicino al grosso cartello sul ciglio della strada che dava loro il benvenuto a Gulfport Beach, Mississippi.

"Gulfport?" disse Kira, mentre Asher usciva dalla superstrada dirigendosi a sud. "Cosa c'è a Gulfport? Un casinò?"

Asher sbuffò.

"Uh, non è in programma oggi. Non ti facevo tipo da casinò," disse godendosi la vista di Kira che arrossiva.

"E quindi dove stiamo andando?"

"Sei così impaziente. Perché sei sempre così impaziente?"

L'espressione di Kira si scurì. Si mise a braccia conserte.

"Aspetta solo altri tre minuti. Te lo prometto: ti piacerà."

Kira si mise comoda e guardò il paesaggio che le sfrecciava accanto. Asher la guardava. Presto, passò una tessera per oltrepassare il cancello ed entrò in un parcheggio privato e custodito. Da lì, guidò la macchina quasi dentro l'acqua, fermandosi di fronte a una festosa capanna sulla spiaggia.

"Eccoci qui," disse Asher. "Abbiamo le borse nel bagagliaio."

Kira lo guardò con sospetto, ma uscì dalla macchina e accettò la grossa borsa di tela che Asher aveva tirato fuori dal bagagliaio. Asher ne prese un'altra e poi andò a parlottare con un giovane valletto che era apparso vicino alla macchina e sembrava pronto a trasportare il resto delle loro cose e a occuparsi della macchina.

"La spiaggia," disse Kira non appena misero piede sulla sabbia. "Oh... ovvio."

"Dove pensavi che stessimo andando?" le chiese Asher.

Kira scosse la testa. Asher era abbastanza sicuro di non voler sapere la risposta a quella domanda.

Sparsi sulla lingua di spiaggia lunga più di un chilometro c'erano dozzine di gazebo privati. Alloggi giornalieri che vedevano frotte di turisti durante l'affollata stagione estiva, ma che ora erano molto più tranquilli. A parte i pochi valletti e gli addetti alla manutenzione vicino alla capanna principale, non c'era nessun altro.

"Noi siamo lì," disse Asher guidando Kira lungo una passerella di legno fino a quando non raggiunsero la terza costruzione.

Il gazebo era grande probabilmente 30 metri quadri, costruito con pregiato legno bianco e avvolto in un'ampia zanzariera. Non c'erano porte, solo un'apertura che si affacciava sull'oceano. Quando Asher condusse Kira verso l'interno, era proprio come le foto che aveva visto. Confortevole, pulito, pieno di mobili, un piccolo angolo cucina, un bagno e un camerino.

"Wow," disse Kira poggiando la borsa su un futon bianco.

In mezzo alla stanza c'era un basso tavolino da caffè, e Kira si meravigliò di fronte allo champagne freddo e agli spuntini salutari che erano stati preparati per loro. Asher si era ricordato che lei teneva moltissimo a quello che mangiava, e preferiva sempre consumare dei pasti salutari, da gourmet. E quindi aveva ordinato per lei alcune cose che pensava potessero piacerle, compreso un elegante vassoio di formaggi e salumi e una qualche specie di vellutata croccante di ceci. Infine, aveva fatto aggiungere lo champagne, pensando che entrambi avrebbero potuto permettersi di lasciarsi un po' andare.

Se lei provava anche solo la metà delle cose che provava lui, allora con ogni probabilità Kira si sentiva un vero e proprio relitto.

"Uh, dovresti avere un costume da bagno e un paio di asciugamani lì nella borsa," disse Asher. "Io mi cambio nel camerino, tu va' nell'enorme bagno. E poi possiamo andare a fare il bagno."

Kira contorse le labbra, ma non disse nessuna delle cose negative che le passarono per la mente. Invece, annuì e si diresse verso il bagno, e Asher andò a cambiarsi a sua volta.

Asher fu più veloce di lei: doveva indossare solo un paio di boxer neri. Una volta pronto, si spalmò velocemente addosso la crema solare e versò due bicchieri di champagne.

Quando Kira uscì dal bagno, ci mancò poco che Asher non inghiottisse la propria lingua. Era rossa come un peperone, stringeva sotto al braccio un asciugamano e un grosso cappello. Si girò per chiudere la porta del bagno e Asher fu enormemente grato che Duverjay avesse scelto per lei uno striminzito bikini verde menta. Era un vero e proprio schianto.

Da far venire la bava alla bocca.

"C'era anche un costume intero, ma non mi andava bene," disse Kira come per scusarsi.

"Ricordami che devo ringraziare Duverjay, dopo," disse Asher, un sorriso gli inarcò gli angoli della bocca. Era Kira a farlo sorridere, a farlo sentire così... spensierato.

Ancora meglio, lo sguardò di Kira si soffermò sui pettorali e gli addominali di Asher. Il suo sguardo era sia curioso che ammirato, e Asher si sentiva alla grande. Diamine, gli faceva piacere. Di solito non gliene fregava un bel niente di quello che pensavano le donne quando lo guardavano, ma sapere che la sua compagna apprezzava tutte quelle ore passate in palestra ogni giorno...

Sì, ne valeva la pena.

"Champagne?" disse Kira. Asher soffocò un sorrisetto, quando Kira si mosse schiarendosi la gola e sollevando gli occhi sul suo viso.

"Pensavo che avremmo avuto bisogno di un po' di aiuto per rilassarci," disse Asher facendo spallucce. "Abbiamo avuto entrambi una settimana lunga. Un sacco di lavoro, un sacco di cambiamenti."

Kira fece un passo avanti e accettò con un sorriso esitante il bicchiere di champagne che Asher le stava porgendo.

"Sì, hai ragione," disse. "È stata una settimana lunga."

"Eh sì... penso che, almeno per oggi, possiamo stabilire una tregua, goderci questa bellissima spiaggia senza doverci preoccupare di nient'altro," suggerì Asher.

Dopo un istante, Kira annuì e gli sorrise genuinamente.

"Sembra perfetto," ammise. "E quindi... salute."

I loro bicchieri tintinnarono ed entrambi presero un sorso di champagne. Asher svuotò il bicchiere tutto d'un fiato, e le bollicine gli fecero fare una smorfia. Lo champagne non era esattamente la sua bevanda preferita, ma a Kira sembrava piacere un sacco.

"Va bene," disse Asher. "Prendo la bottiglia e ti seguo in acqua. Ci sono già delle sdraio e degli asciugamani."

"Ummm..." Kira arrossì e poggiò il bicchiere sul tavolo. "A dire il vero... avrei bisogno di un po' di aiuto per spalmarmi la crema solare sulla schiena. Non voglio scottarmi."

"Ah, potrei aiutarti io," la stuzzicò Asher afferrando la crema dalla sua borsa. Scelse la bottiglia con la crema invece dello spray che aveva usato per sé. "Okay, girati."

Kira posò l'asciugamano e la sporta e si girò. Asher non perse tempo e subito si spruzzò la crema sulle mani e cominciò a spalmarla sulla schiena di Kira con movimenti lenti, godendosi la sensazione della sua pelle calda e morbida sotto i suoi palmi callosi. Kira sentì un brivido correrle lungo la schiena, ma poi il suo tocco sembrò farla rilassare.

Passandole le mani sul collo e sulla schiena si assicurò di massaggiarla con cura, infilando le dita sotto i lacci del suo top. Finì passando le mani sui suoi fianchi sinuosi, passando la mano leggera di fianco ai suoi seni pesanti.

Gli dispiacque quando finì e dovette toglierle le mani di dosso. Kira si girò verso di lui e gli sorrise.

"Grazie mille, è stato fantastico. Non capita tutti i giorni che qualcuno mi massaggi la schiena," disse.

"Sempre a disposizione," disse Asher evitando di sembrare mellifluo. "Senza impegno. Chiedi e basta."

Certo, avrebbe preferito massaggiare il suo corpo completamente nudo con l'olio di cocco, mentre se ne stava distesa nel suo letto, ma... ogni scusa era buona per toccare Kira.

"Okay. Pronto?" chiese Kira adocchiando la spiaggia.

"Puoi scommetterci. Andiamo."

Asher tolse la bottiglia di champagne dal secchiello con il ghiaccio. Con l'altra mano, prese una piccola borsa frigo e seguì Kira sulla spiaggia. C'erano quattro sdraio di legno bianco aperte vicino alla riva, ognuna con una pila di morbidi cuscini pronti per loro. Nel mezzo c'era un tavolino di legno bianco. Kira si sedette da una parte del tavolo e Asher si sedette dall'altra, così da concederle un po' di spazio e permettere a entrambi di utilizzare il tavolo per poggiare i bicchieri di champagne.

"Ottimo," disse Asher riempiendo i bicchieri. Dopo un lungo sorso, si stirò e si diresse verso l'acqua e si tuffò senza pensarci due volte.

Nuotò per un po' prima di voltarsi. Fu sorpreso nel vedere Kira in piedi sul bagnasciuga, con l'acqua che le lambiva i piedi. La sua espressione era inestimabile: chiaramente, aveva troppa paura per poter entrare in acqua.

Asher si lasciò trasportare a riva dalla corrente, aspettando di vedere se lei riuscisse a superare le proprie paure. Quando le si fece vicino, gocciolante di acqua salata, Kira era avanzata solamente di un passo o due.

"Che succede?" chiese Asher provando a soffocare il proprio divertimento.

"Uuuh... Non riesco a non pensare a tutti i pesci e alle meduse e agli squali e a tutto il resto..." disse Kira, lo sguardo fisso sull'acqua attorno ai suoi piedi. "Va tutto bene. Mi piace qui. È un bel posto. È sicuro –"

Asher la placcò e la strascinò in acqua facendola starnazzare. La sollevò per tenere le sue spalle fuori dall'acqua, mentre lei continuava a combatterlo.

"Asher! Asher! No!" gridava.

Kira smise di dimenarsi nel giro di un momento gli si aggrappò affondando le unghie nelle sue spalle.

"Qua fuori il predatore più grosso e pericoloso di tutti sono io, stanne certa," le disse Asher.

"Asher, non so nuotare!" disse Kira. Il suo terrore cresceva sempre di più.

Asher farfugliò qualcosa e le avvolse il braccio attorno alla vita per tenerla saldamente.

"Che vuoi dire?" chiese, stupefatto.

"Che non so nuotare, cazzo! Se mi lasci andare affogo!" gridò Kira. "Riportami a riva!"

"Ti tengo io," disse Asher, completamente sciocato. "Va tutto bene. Non ti farò cadere."

"Lo prometti?" chiese Kira premendogli la faccia contro il collo.

"Ma certo," disse Asher. "Guarda, ti porto dove l'acqua è più bassa, va bene?"

Camminò verso la riva, dove l'acqua arrivava solo alla vita, e convinse Kira a scendere e a mettersi in piedi.

"Non è così terribile," disse lei dopo un po', accartocciando la faccia mentre guardava l'acqua lontana.

Asher non poté fare a meno di ridere. Kira, sempre piena di soprese.

Passarono diverse ore così, in piedi in mezzo all'acqua e tornando di tanto in tanto sulla spiaggia per bere un po' di champagne. Quando il sole accecante del pomeriggio cominciò a battere forte, Asher suggerì di ritornare al gazebo e di pranzare.

Arrancarono sulla spiaggia, Asher sorreggendo Kira dopo la bottiglia di champagne che si erano bevuti. Quando ritornarono al gazebo, trovarono un meraviglioso vassoio con il pranzo ad attenderli, pieno di stuzzichini e frutta fresca.

Si avventarono sul cibo, affamati com'erano dopo una mattinata spesa a giocare. Finito di mangiare, Asher distese degli asciugamani sul futon e disse che era giunto il momento di riposare un po'.

"Sì, tutto quello champagne e tutto quel cocomero mi hanno proprio sfiancata," disse Kira sollevando gli occhi al cielo. Eppure, quando Asher si stravaccò sul futon, le gli si distese di fianco senza lamentarsi.

"Bello, no?" disse Asher guardando Kira. "Potrebbe essere così tutti i giorni, sai?"

Kira sbottò in una risata.

"Questo è come... un giorno da sogno," disse Kira. "Dobbiamo stabilire una tregua solo per passare un po' di tempo insieme, Asher. Questa non è la vita vera."

"E se lo fosse? Se fosse la nostra vita vera?" le disse Asher spingendo sul gomito per sollevarsi. "Potremmo... comprare una casa sulla spiaggia. Ricominciare tutto daccapo."

Kira lo studiò per un minuto intero senza dire una parola. Le labbra strette con forza. Asher sapeva che non gli avrebbe reso le cose facili.

"Allora hai cambiato idea?" chiese Kira andando dritto al cuore del problema. "D'improvviso hai deciso che vuoi una fidanzata, che vuoi essere legato a qualcuno? Come una palla al piede?"

Asher spalancò la bocca, non sapeva cosa rispondere, e Kira inarcò un sopracciglio.

"Non girarci intorno," lo avvertì. "Dimmelo e basta. Sì o no, Ash. Vuoi una compagna? Mi vuoi?"

"Non è così facile," sospirò Asher.

Kira si acciglò frustrata e cominciò ad arrendersi, ma Asher allungò un braccio per avvolgerle la vita.

"Vieni qui," disse.

"Asher, no! Sappiamo dove vuoi andare a parare. Hai appena detto che non mi vuoi, e io non voglio farmi calpestare di nuovo il cuore. Non capisco nemmeno perché ti prendi il disturbo di organizzare tutto questo se... sai una cosa? Non importa. Su... riportami a Baton Rouge."

Asher non la stava a sentire. Non lo faceva mai, non quando si trattava di Kira. La afferrò e la trascinò sopra di sé, e lei si sistemò cavalcioni sui suoi fianchi. Asher si sollevò e le abbassò la testa fino a quando le loro labbra non si incrociarono, catturandola in un bacio intensissimo.

Kira sospirò dolcemente e cominciò a muovere i fianchi sui suoi. Dopo un dolce momento di esplorazione, le loro lingue si incontrarono. Asher si mosse spavaldamente verso di lei, facendole sentire ogni centimetro della sua erezione sempre più dura, mostrandole con il corpo quello che la sua bocca non era mai stata in grado di dire.

Senza nemmeno essere conscio delle proprie azioni, Asher spostò di lato il pezzetto di tessuto che copriva il seno sinistro di Kira. Il suo seno cremoso e pesante era perfetto nella stretta della su amano, il capezzolo rosato si inturgidiva sotto il tocco umido della sua lingua.

Asher gemette premendo la bocca contro la sua pelle morbida, sempre più voglioso. Il suo orso ringhiò, voleva essere rilasciato, voleva disperatamente affondare dentro Kira e reclamarla per sempre.

Asher rallentò e si tirò indietro, e per lui fu come morire. Kira si morse il labbro e indietreggiò a sua volta ricoprendosi. Aveva la pelle arrossata, le labbra gonfie e umide. Cazzo, faceva male non continuare, faceva *male fisicamente.*

"Il problema non è volere o no," disse Asher dopo un momento, la voce greve. "Ovviamente."

"Oh, Asher," disse Kira scuotendo il capo. "Non intendo volere in senso fisico. Dio, se fosse solo quello. Posso cambiare quello che c'è fuori, ma non posso cambiare chi sono io. Com'è che fa la canzone? *'Se non mi ami, non posso costringerti...'*."

"Non si tratta di te," ringhiò Asher allungando una mano e provando a farla avvicinare a lui. Kira scostò la sua mano. "Non capisci..."

"E tu non puoi spiegarti! Asher, ci siamo già passati. Non ha senso." Kira si alzò e afferrò la borsa con i suoi vestiti. "Vado a cambiarmi. Voglio tornare a casa."

Asher guardò la porta del bagno che veniva sbattuta con violenza e si maledisse. Avevano passato una giornata così piacevole, almeno fino a quando non aveva osato troppo. Anche se lei gli avesse dato la perfetta opportunità per spiegarle come mai non potesse stare insieme. Ma Asher non ci riuscì.

Contraendo la mascella, Asher si alzò e prese le sue cose. Lo aspettava un viaggio in auto lungo e silenzioso.

K&shy;IRA SI MOSSE nel suo sonno agitato. Si svegliò lentamente, rispondendo a qualcosa che aveva penetrato le profondità selvagge dei suoi sogni. Quando aprì gli occhi e si mise a sedere, la stanza degli ospiti era perfettamente silenziosa.

Che cosa l'aveva svegliata?

E proprio quando stava per rigirarsi e provare a riaddormentarsi, sentì un suono strozzato. Basso, cheto... ma era senza dubbio la voce di un uomo. La sentì di nuovo, poi un'altra volta, poi si zittì.

Era Asher. Il suono della sua voce era profondamente radicato da qualche parte nel suo cuore. Sembrava... angustiato.

Kira uscì dal letto ed entrò nel corridoio. Adesso non c'era alcun suono, e Kira si chiese se magari se l'era immaginato. Dopo tutto, non vedeva Asher da giorni. Dopo che avevano discusso sulla spiaggia, Kira lo aveva cercato, ma Cairn, il gatto pettegolo di Mere Marie, l'aveva allegramente informata che Asher si era offerto volontario per fare i doppi turni e che quindi era in giro per la città per quindici ore al giorno, ogni giorno.

Kira si voltò per tornare nella sua camera da letto, pensando che Asher fosse fuori da qualche parte e che lei si stesse immaginando tutto. Prima che riuscisse a fare un altro passo, sentì di nuovo quel suono. Soffice ma insistente, la voce di Asher la attirava come un magnete.

Si avvicinò di soppiatto alla porta di Asher e appoggiò l'orecchio contro il legno. Eccolo, riusciva a sentirlo... Asher stava parlando nel sonno, ma lei non riusciva a capire cosa stesse dicendo.

La bocca secca, Kira girò la maniglia e aprì la porta. La stanza di Asher era buia, dalle finestre penetrava leggera la luce della luna, ed era impossibile capire cosa stesse succedendo rimanendo sulla soglia. Ispirò per restare calma e si avvicinò in punta di piedi al suo letto.

Presto si ritrovò a guardare Asher, avvolto nelle sue lenzuola, il volto illuminato dalle strisce bianche del chiaro di luna.

"Kira, no," sussurrò Asher spaventandola. Kira cominciò a farsi indietro, ma Asher mormorò qualcos'altro.

Kira si morse il labbro e si sporse in avanti per guardarlo da vicino. Dormiva profondamente.

"Asher?" chiese dolcemente. "Stai bene?"

Asher si mosse e girò il volto verso il suono della sua voce.

"Non andartene, Kira. Non andartene," sussultò Asher. La sua voce era stanca, stava soffrendo, e Kira sentì un colpo al cuore.

Asher allungò una mano alla cieca... e Kira gliela afferrò.

"Kira!" gridò Asher. Asher la strattonò facendola ruzzolare sul letto. Kira si ritrovò faccia a faccia con quello che doveva essere il suo compagno predestinato. Asher la strinse in un abbraccio soffocante, quasi stritolandola.

"Ash..."

"Ti amo," dichiarò Asher, le sue labbra avvicinandosi a quelle di Kira.

Kira si bloccò stretta nel suo abbraccio, ma Asher era completamente addormentato. Il suo bacio era famelico ed esigente, anche se, con ogni probabilità, Asher non sapesse nemmeno che lei era lì. E quella dichiarazione d'amore...

Asher allentò la presa e fece scivolare la mano per palparle la coscia e il fianco sotto il pigiama. Kira era troppo sorpresa per opporre resistenza. La lingua di Asher si dava da fare intrecciandosi alla sua. Le afferrò il seno, stuzzicandole il capezzolo con le dita, inviandole attraverso tutto il corpo delle scosse da far sciogliere le ossa. Un prurito distinto cominciò a formarsi in mezzo alle sue cosce, che cominciarono a bagnarsi sotto i baci e il tocco di Asher.

Metà della sua mente non poteva non pensare a quanto tutto questo fosse sbagliato, nel lasciargli fare tutto questo mentre dormiva. L'altra metà era in fiamme, e voleva che il suo tocco non si fermasse. Dio, voleva essere toccata, voleva che Asher la facesse esplodere come solo lui sapeva fare.

La mano di Asher le lasciò andare il seno e scese lungo il suo stomaco, la punta delle dita si soffermarono sulle sue mutandine di cotone. Un dito le stuzzicò le grandi labbra attraverso il tessuto, e Kira si infiammò.

"Cazzo, Kira, sei uno schianto," ringhiò Asher. "Ti ho aspettata per così tanto..."

Kira si morse il labbro e lo guardò da vicino, provando a determinare se lui avesse una qualche nozione di quanto stava accadendo. Era tutto solo un bel sogno, per lui?

Curiosa, tolse il lenzuolo che gli copriva il torso e le gambe. Kira si sorprese nel vederlo completamente nudo ed eccitato, il cazzo eretto fieramente verso il suo ombelico. Certo, lo aveva già visto, ma quando era più giovane era troppo timida per esplorare fino in fondo il suo corpo incredibile. Glielo aveva toccato solo qualche volta, e anche allora Asher di solito si ritraeva, voleva aspettare.

*Aspettare cosa?* Si chiese adesso.

Asher continuò a stuzzicarla, leccandole e strizzandole i capezzoli e accarezzandole il sesso attraverso le mutandine. Kira si leccò le labbra nervosamente, allungò una mano e gli accarezzò l'asta eretta, sorridendo quando lui sibilò spostandosi verso la sua mano.

Chiuse le dita attorno alla sua asta spessa e mosse la mano su e giù, con lentezza e pigrizia.

"Cazzo!" disse Asher irrigidendosi. "Non smettere."

Le tirò giù le mutandine abbandonando il suo tocco stuzzicante e cercando la sua bocca per un altro bacio. Kira fremette di fronte a tutte le sensazioni che stavano inondando il suo corpo: Asher che trovava la sua clitoride e cominciava ad accarezzarla; il cazzo nella sua mano mentre lei glielo massaggiava, pensando a come sarebbe stato averlo dentro di lei, che la riempiva completamente, la allargava, che la faceva gridare per il piacere e il dolore; il suo bacio insistente, la lingua che si avvinghiava alla sua, le labbra che facevano magie.

Il corpo di Asher fremeva, dalla punta del suo cazzo colava un po' di pre-eiaculazione, e Kira lo adorava. Voleva farlo venire, o forse voleva che la scopasse, o…

Asher ringhiò e le afferrò la mano allontanandola da sé, nonostante fosse chiaramente a un passo dall'orgasmo. Le portò la mano sopra la testa e la bloccò, rendendo chiaro che voleva che si fermasse.

Quando Asher la penetrò con due dita, Kira gridò. Non la toccavano così da molto tempo, da così tanto tempo che si era dimenticata di quanto le piacesse. Asher la riempì e ritrasse la mano, poi la penetrò di nuovo, massaggiandole il clitoride con il pollice.

La fece innalzare sempre di più… sempre di più…. Kira muoveva i fianchi per assecondare il suo tocco, mordendosi le labbra per trattenere le grida che le montavano dentro la gola. Era in fiamme. Il calore si irradiò nelle sue vene, minacciandola di consumarla, di rovinarla…

Kira venne e scalciò, il suo corpo si contrasse e fu invaso dagli spasmi. Era perduta, stava precipitando… era libera. Sembrava non finire mai.

Quando alla fine il suo orgasmo si affievolì, Asher la fece

fremere con dei baci roventi sul collo sul collo. Bastava quel tocco leggero a farle desiderare di averne ancora.

"Asher, sei sveglio?" chiese Kira, le sue parole suonarono come una supplica. Aveva bisogno che fosse sveglio, aveva bisogno che lui la completasse nel modo più basilare. Voleva essere sotto il suo corpo muscoloso, voleva graffiargli la schiena con le unghie mentre lui la riempiva con il proprio seme. "Asher?"

Asher mormorò qualcosa, la avvolse con un braccio e la strinse a sé. Ce l'aveva ancora duro. Kira sentiva il suo cazzo enorme premerle contro la coscia, ma riusciva anche a percepire che Asher non stava cercando nient'altro.

"Compagna," disse Asher sfiorandole il collo con le labbra. "Mmm. Mia, la mia Kira."

Asher si girò sulla schiena, Kira al suo fianco. Kira sospirò. Non voleva pensare alle implicazioni di quanto era appena successo. Lui le aveva dato piacere, ma lei non poteva essere sicuro di quanto lui fosse presente durante l'atto.

"Sei la prima."

Kira si accigliò e lo guardò. Che diavolo aveva detto? Contorse la bocca e provò a capirlo. Doveva averci sentito male. Dopo quello che aveva fatto con le sue dita, Kira era certa che Asher avesse una vasta esperienza in fatto di orgasmi femminili. Gli appoggiò la testa sulla spalla, attenta a non addormentarsi. Presto Asher si rilassò, entrò come in un sonno ancora più profondo. Non emise nessun suono, probabilmente si sentiva soddisfatto.

Solo quando il chiaro di luna recedette in favore dell'arida luce grigiastra del crepuscolo Kira si decise a sgattaiolare fuori dal letto di Asher per tornare nel suo, affogando in migliaia di dubbi e domande.

# 7

Asher giaceva disteso sulla schiena e osservava il soffitto della sua camera da letto. Al momento, stava provando ad avere un piccolo tête-à-tête con la libido che infuriava dentro di lui, un esitante tentativo di calmarsi e di addormentarsi. Si girò su un fianco con un gemito. Le lenzuola di seta gli accarezzavano la pelle e lo tormentavano.

E non era solo il tocco setoso delle lenzuola. Le sue lenzuola profumavano di Kira, avevano l'odore che aveva lei quando era eccitata. Era impossibile dormire con quel profumo che gli riempiva le narici, che gli faceva pensare a tutti i modi in cui voleva scoparsela. Aveva passato una settimana a sfiancarsi con i doppi turni e ad allenarsi con gli altri Guardiani, al punto che Rhys gli aveva ordinato di prendersi la giornata libera e di riposare.

Ora Asher sperava di aver ignorato l'ordine di Rhys. Aveva passato il pomeriggio a dormire, concedendo al suo corpo il sonno di cui tanto aveva bisogno. Ora quel bisogno era stato soddisfatto, e i suoi ormoni impazziti erano sotto controllo.

Il che rendeva la sua vita un inferno, praticamente.

Lasciò andare un sospiro represso e si afferrò il cazzo. Da quando Kira era arrivata alla Villa, aveva resistito alla tentazione di masturbarsi. Sapere che lei era così vicina lo faceva sentire uno straccio. Ma ora cominciava sinceramente a preoccuparsi delle sue palle, dal momento che erano due settimane che se ne andava in giro con il cazzo duro.

In un modo o nell'altro, doveva dargli la stura.

Contraendo la mascella, prese nel pugno la sua eretta e cominciò a toccarsi, un tocco veloce e famelico. I desideri di Asher erano primitivi, una ragione in più per non riportare Kira a Union City. Era una piccola e dolce verginella, e di certo non si meritava il tipo di scopata che Asher desiderava tanto disperatamente.

Pensare a Kira lo fece sprofondare in una spirale. Immaginò il modo in cui voleva scoparla, quanto bramasse di martellarla, quanto volesse sentirla mentre gridava il suo nome.

Asher sentì un rumore e aprì un occhio. Forse Cairn si era intrufolato di nuovo nella sua camera. Ma no… a meno di dieci metri c'era Kira che lo guardava come gli fossero cresciute sei teste e avesse cominciato a parlare aramaico.

La mano di Asher si fermò e, per un momento, si sentì genuinamente in imbarazzo. Il suo orso sapeva che Asher poteva venire solo quando anche Kira lo faceva, e Asher sospirò disgustato.

Poi ritornò alla realtà, dove Kira si trovava nella sua stanza, nel cuore della notte, di sua spontanea volontà. C'era qualcosa di sbagliato.

"Mi d-dispiace," disse Kira voltandosi. "Me ne vado."

"Aspetta un attimo," ringhiò Asher alzandosi dal letto a culo nudo. "Torna qui."

"No, va tutto bene…"

Kira si lasciò scappare un grido, quando Asher la afferrò

e la trascinò a letto gettandola sul materasso. Lui restò in piedi. Incrociò le braccia sul petto, guardandola.

"Perché sei in camera mia, Kira?"

Kira si morse il labbro inferiore distraendolo.

"Beh... pensavo che... beh, speravo..." Fece una pausa, lo sguardo colpevole. "Non ti ricordi niente, eh?"

Asher inclinò la testa provando a capire.

"Di cosa dovrei ricordarmi, per l'esattezza?" chiese quasi perdendo le staffe. Kira era lì, nel suo letto. Lei continuava ad ammirare il suo corpo muscoloso, e Asher riusciva a sentire *l'odore* del suo interesse. Eppure, avevano bisogno di andare avanti con questa stupida conversazione invece di fare quello che, era ovvio, entrambi volevano fare. Che avevano bisogno di fare, almeno in questo caso.

"Ummmm..." Kira cercava di evitare il suo sguardo.

"Per caso ha a che fare col motivo per cui le mie lenzuola hanno il tuo profumo? Hmm?" Asher si inginocchiò vicino al bordo del letto e le afferrò il polso.

"Sì," disse lei, e delle lacrime non versate sbocciarono nei suoi occhi. "Hai... avuto dei sogni. Mi hai chiamata. Quindi... sono venuta qui. E noi... tu..."

Asher non sapeva se ridere o infuriarsi di fronte a quella sua espressione raccapricciata.

"Che cosa ho fatto, per l'esattezza?" chiese, sebbene cominciasse ad averne un'idea. Lo spesso strato formato dall'odore dell'eccitazione di Kira rendeva le cose abbastanza chiare.

"Mi hai baciata. Mi hai toccata," disse Kira tirando via il polso. Si portò le ginocchia al petto e le abbracciò, le guance rosso fuoco. "Non mi hai permesso di... darti sollievo. Pensavo che... pensavo che forse questo è tutto quello che riesci a fare con me. Immagino che nemmeno quando dormi tu mi voglia in quel modo."

Si pulì una grossa lacrima che le era quasi sfuggita dagli

occhi per rotolarle lungo la guancia. Era la definizione stessa di tristezza. Asher si alzò dal letto con un gemito, provando ad assorbire tutta quella pazzia. Kira era così insicura di lui che era doloroso guardarla.

Ma la cosa peggiore era che lei ne aveva ben donde: la *colpa* era tutta di Asher. Lui le aveva spezzato il cuore quando era giovane, l'aveva lasciata come una farfalla con l'ala ferita.

Asher si girò e afferrò dei boxer scuri e se li mise prima di ritornare sul letto. Questa non era la miglior conversazione da avere nudi.

"Kira, vieni qui," disse sedendosi di fianco a lei. Kira fremette e girò la testa dall'altra parte, e così Asher le afferrò la mano intrecciando le dita con le sue. "Guardami, dolcezza."

Le fece voltare il capo con un dito.

"Non piangere, ti prego," disse Asher. "Così mi uccidi."

"E che cosa dovrei fare, Asher?" Kira lo trafisse con il suo sguardo e si pulì le lacrime con la mano libera. "Come dovrei sentirmi?"

"Non so come altro dirtelo. Tu non hai niente che non va, Kira. Non è che tu non mi piaccia. Mi piace il tuo corpo, la tua personalità, tutto. Anzi. Sono ossessionato da te," disse Asher. La rabbia gli ribolliva nel petto. Era arrabbiato con sé stesso, arrabbiato con la situazione. "Non sono mai stato con nessun'altra, lo sai? Non ho fatto niente di più con nessun altro, niente che non abbiamo fatto la scorsa notte."

Kira spalancò gli occhi. Asher poteva ben dire di averla veramente sciocccata.

"Cosa?" gracchiò Kira.

"Sì," disse Asher con una risata priva di divertimento. "A quanto pare, dopo che ho trovato la mia compagna, non sono riuscito a... completare l'atto con nessun'altra. Non sopporto quando le donne mi toccano, anche se non faccio altro che immaginarmi che abbiano il tuo volto. Non riesco nemmeno a toccarmi se non fantastico su di te. È una cosa patetica."

Kira aveva la bocca spalancata. Se Asher non fosse stato così arrabbiato, si sarebbe messo a ridere.

"Sei contenta ora?" le chiese. "Tu sei la mia compagna, perdio. Certo che ti voglio. Non ho altra scelta, e cazzo non la voglio nemmeno un'altra scelta. Voglio solo *te*."

"E allora perché mi hai lasciata?" chiese Kira, la voce spezzata. "Mi hai lasciata, Asher. Mi hai lasciata da sola, cazzo..."

Asher sapeva che non poteva dirle quello che lei voleva sentirsi dire, non poteva dirle che avrebbe potuto restare insieme. Dire quelle parole, sarebbe stato pericoloso ed egoista.

Invece, la baciò. Un bacio intenso, appassionato, famelico.

"Non posso garantirti l'eternità, ma posso garantirti il qui ed ora," disse Asher quando ruppe il loro bacio. "Basta?"

"No," sussurrò Kira. Gli aveva avvolto il braccio attorno al collo e riavvicinò le labbra alle sue. Gli graffiò il collo con le unghie, e la sua lingua cercava la sua con insistenza.

Kira si ritrasse e si sfilò la maglietta, poi tolse i boxer di Asher.

"Kira, sei sicura..."

"Smettila di parlare," disse lei afferrandogli la mascella e baciandolo sul collo.

Quando Kira lo fece distendere sul letto e gli si mise a cavalcioni, Asher era abbastanza sicuro di stare ancora sognando. Quando poi afferrò il suo cazzo e lo mise dentro di lei, penetrandosi centimetro dopo centimetro, Asher pensò di essere sul punto di morire.

Kira cominciò a cavalcarlo con lentezza, distruggendolo, bruciandolo, prendendosi tutto quello che poteva.

Liberandolo.

Asher le afferrò i fianchi e la guardò, mentre lei si scostava i folti capelli biondi e le sue tette ballonzolavano. Si muovevano assieme. Asher sentì ogni centimetro della sua figa bagnata e gloriosa. La fantasia e la realtà si mescolarono, e il corpo di Asher si fece teso, e il controllo che teneva stretto cominciò a disfarsi mentre lui e Kira diventavano un tutt'uno.

I loro corpi e le loro anime erano in armonia. Il suo orso era scatenato, ruggiva, voleva finire, aveva un bisogno disperato di reclamarla, di marchiarla per sempre. Una piccola parte di Asher riuscì a trattenerlo, a negargli quel momento.

Quando Kira esplose gridando il nome di Asher e contraendo i muscoli, Asher era ormai perduto. Per dei lunghissimi istanti, Asher non era più sé stesso. Kira non era Kira. Erano niente, ed erano tutto. Erano un granello nella vastità del cosmo, una scintilla di luce in un universo che stava lentamente morendo.

Asher venne con un grido, il suo corpo evaporò. Kira collassò su di lui provando a riprendere fiato. Asher la tenne stretta a sé, paralizzato, senza volersi muovere.

Quando Kira ricominciò a piangere, quando Asher sentì la loro calda umidità sul suo petto, lui non si mosse. La confortò nell'unico modo che conosceva. Non aveva parole per darle pace.

Asher chiuse gli occhi. Una piccola parte di lui sapeva che l'indomani si sarebbe svegliato e che Kira non sarebbe stata lì.

8
———

"Dove vai?"

Kira si fermò, la mano sulla porta. Asher riusciva a sapere dove si trovasse in modo quasi sovrannaturale, a quanto pare. Lei aveva aspettato che lui andasse in palestra per allenarsi con Gabriel, lo aveva guardato cambiarsi e cominciare a esercitarsi con la spada.

Eppure, eccolo là, lì alle sue calcagna. Un tempo lei languiva per lui, si chiedeva dove fosse, cosa stesse facendo. Ora non riusciva a toglierselo di torno, nemmeno per andare in giro da sola.

"Ho bisogno di uscire," disse Kira incapace di farsi abbastanza forza per guardarlo, per non parlare di opporsi a lui. Da quando avevano fatto l'amore, le cose tra loro erano così fragili, e Asher sembrava incapace di starle lontano.

"Vengo anch'io," disse lui.

"Va bene." Kira uscì, in mano le chiavi del SUV della Mercedes dei Guardiani. Il sole era alto e luminoso, tirava un po' di vento e faceva fresco. Alla fine, l'autunno stava giungendo su New Orleans, scacciando l'afa estiva. E ora come ora, si addiceva a Kira.

Con sua grande sorpresa, Asher non fece alcun commento sul suo stato d'animo. Salì sul posto del passeggero con una pazienza silenziosa, lasciandole il suo spazio. Kira accese il navigatore e inserì l'indirizzo che aveva cercato prima.

La corsa in macchina fu silenziosa, il che era perfetto. Dopo quindici minuti, Kira guidò entrando in un cimitero dall'aspetto antico sorvegliato da un enorme cancello di ferro battuto. Tutt'intorno alla strada sbrecciata s'innalzavano cripte decadenti e cherubini senza volto, formando un muro infinito che li scortò a lungo.

Kira controllò il cellulare e si diresse verso la parte più lontana del cimitero. I mausolei si allontanarono lasciando il posto a lapidi più piccole, e poi a targhe commemorative sbiadite. Kira deglutì, si ricordava di questo posto fin troppo bene. Non ci veniva da quando aveva tredici o quattordici anni, ma questo posto era ben inciso nella sua memoria.

Quando finalmente parcheggiò il SUV e scese, Kira fece un respiro profondo. Asher fece il giro attorno alla macchina, l'espressione meditabonda. Kira si aspettava di vederlo sorpreso, forse una domanda sul perché si trovavano in un cimitero.

Invece, Asher gli porse la mano.

Kira la prese e scosse il capo per scacciare le lacrime. Non era ancora arrivata alla targa. Asher la sorprese di nuovo quando le fece strada, costeggiando una grossa porzione delle lapidi di cemento e tirando dritto fino alla destinazione di Kira. Kira non riuscì nemmeno a chiedersi come facesse a saperlo. Aveva la bocca completamente secca.

Asher si fermò e le lasciò andare la mano. Indicò una lapide a pochi metri da loro. Kira vi si avvicinò, confusa, guardando in basso per trovare quello che stava cercando.

*Hudson*: c'era scritto solo questo sulla targa. Nessun nome di battesimo. Nessun "*In memoria*".

La tomba dei suoi genitori era solo un puntino sul radar, invisibile e trascurato dal resto del mondo. Kira ispirò e li guardò, sentendo la familiare sensazione data dalle migliaia di domande senza risposta che le affiorarono alla mente e le riempirono il cuore.

Qui giaceva sua madre, la donna che l'aveva partorita ed era morta, lasciando Kira da sola con suo padre. Quando era una bambina, nonna Louise l'aveva portata qui e le aveva detto che questa tomba era alla memoria di entrambi i suoi genitori, e quindi Kira aveva creduto che anche suo padre fosse morto e che i suoi resti si trovassero qui.

O che si era perso in mare dopo un tragico incidente sul lavoro.

Adesso, non era più così sicura. Sua nonna non aveva fatto altro che proteggerla, anche dalla stessa magia che sbocciava dentro di lei. Forse il padre di Kira, devastato dal dolore e sentendo l'enorme responsabilità di una bambina piccola, era semplicemente uscito per comprare il latte e non era più tornato. La nonna di Kira aveva sempre pianto apertamente la figlia morta, il suo dolore era palpabile. Anche da bambina, Kira non faceva domande, voleva evitare a nonna Louise ulteriori dolori.

Adesso, però, sperava con tutta sé stessa di averle fatte, quelle domande. Le si formò un nodo in gola ripensando a sua nonna, e si disse che forse avrebbe dovuto saltare questa visita per visitare invece la tomba di sua nonna a Union City. La donna che per lei c'era sempre stata, che si era presa cura di lei come nessun altro.

Era quella la persona che si meritava il suo rispetto.

Kira si voltò lottando con le lacrime che le si erano raccolte negli occhi, il suono privo di parole della rabbia che le montava in gola. Vide una panchina di pietra e quasi vi corse incontro, collassando e sospirando sul duro sedile di pietra. Crollò il capo e si strinse il viso con entrambe le mani.

Per la seconda volta in poco tempo, Kira si mise a piangere. I singhiozzi le scossero il corpo fino a farle male, poi si affievolirono in un pianto soffice. A un certo punto, Asher si sedette vicino a lei le mise una mano sulla schiena per confortarla, per accarezzarle i capelli. Kira lasciò uscire tutto, fino a quando non rimase nulla, nemmeno un singolo granello di tristezza.

Dopo un po', Kira si asciugò il viso e alzò gli occhi per guardare la tomba dei suoi genitori. Nella sua mente ora c'era un'unica domanda, e non riguardava i suoi genitori – ma il suo compagno.

"Come facevi a sapere dov'erano sepolti?" chiese senza guardare Asher nonostante si trovassero a pochi centimetri l'uno dall'altra.

Asher si schiarì la gola e si sistemò sulla panchina. Restò in silenzio per molto tempo, abbastanza da far credere a Kira che non avrebbe ottenuto nessuna risposta. Lo guardò e fu sorpresa di scorgere il tumulto di emozioni che gli si leggeva in faccia. Asher si passò una mano sul viso.

"Sono più vecchio di te," disse.

"Lo so." Kira lo guardò in modo strano.

"No... voglio dire... parecchio più vecchio. Ho cinquant'anni più di te," disse Asher.

Kira sollevò le sopracciglia.

"Cosa? No, tu hai solo..." Si zittì e ci pensò. Poi riformulò il suo pensiero. "Sei invecchiato più lentamente di me."

"Molto più lentamente," disse Asher con un sospiro. "Sono cresciuto a Union City, quando era solo un paesotto di campagna. Quando la gente cominciò a trasferirsi in città, notarono che non invecchiavo. E così me ne andai."

"Dove?"

"Atlanta, New York, St. Louis. Tanti posti. Ho fatto un sacco di soldi con il mercato finanziario," disse guardandosi i piedi. "Ogni tanto ritornavo per controllare la mia famiglia. Mia sorella aveva dei figli, e quindi mi accertai che avessero tutto quello di cui avevano bisogno. È così che ti ho incontrata, ero in città per visitare la mia famiglia."

Kira fece un respiro e lo lasciò andare.

"Questo non risponde alla mia domanda," gli fece notare.

"Ci sto arrivando," disse Asher. "Conoscevo tua nonna, di sfuggita. Era una Kith, e così anche tua madre. Facevano parte delle poche persone che mi conoscevano, che sapevano cosa fossi. Ho anche incontrato tuo padre, una volta, poco prima che si sposasse con tua madre. E poi me ne sono andato di nuovo, ho viaggiato in giro per l'Europa. Quando sono tornato ti ho incontrata. A dire il vero, ti avevo già vista due anni prima che tu vedessi me. Ma eri troppo giovane e io ti desideravo troppo. E così me ne andai. E aspettai."

Kira lo guardava a bocca aperta, incapace di parlare o di pensare. Asher non disse nient'altro e, infine, Kira riuscì a formare una frase coerente.

"Tu... tu conoscevi i miei genitori. Conoscevi mia nonna," disse.

"Sì. Per quello che vale, la signora Louise era una donna fantastica. E io le piacevo. Approvò la nostra unione, quando lo venne a sapere."

Kira era stupefatta.

"Non me lo hai mai detto!" disse lei dandogli un pugno sul braccio. "E che diamine, Asher! Perché non mi hai detto nulla?"

"Non importa cosa ti ho o non ti ho detto. Le cose per noi erano già state stabilite da ben prima che ti incontrassi. E non c'era niente che potessi fare per cambiarle."

"Ma che vuol dire?" gridò Kira in preda alla frustrazione.

"Tua nonna era una persona meravigliosa, ma non ti ha detto tutto. Non ti ha detto delle cose molto importanti, delle cose sui tuoi genitori. Mi ha fatto promettere di restare in silenzio, e così ho fatto... ma te lo dirò, se davvero ci tieni a saperlo."

"Cazzo, certo che lo voglio sapere! Voglio sapere tutto!" disse Kira alzando la voce per la rabbia.

"Non ti farà stare meglio," disse Asher, la voce perfettamente prima di emozioni.

"Questo tocca a me deciderlo, non a te o a nonna Louise," disse Kira, esterrefatta. "Non sono una bambina del cavolo, Asher. Dimmelo!"

"Tua madre era una strega bianca. Specializzata nella fertilità. Faceva pozioni e incantesimi per aiutare le donne del posto a fare figli. Era famosa, molto famosa, e non ha mai fatto del male a una mosca. La persona più dolce sulla faccia della Terra." Asher fece una pausa e ispirò. "Era un'anima pura, proprio come te. Ed essendo così pura attirò un sacco di anime oscure. Era come un faro per i problemi, proprio come te. E tuo padre non era esattamente un santo. Non ci andava nemmeno vicino. Ma vide tua madre e se ne innamorò a prima vista, e non niente al mondo avrebbe potuto fermarlo. Tua mamma era così giovane e dolce, non lo sapeva..."

Asher si fermò e Kira dovette colpirlo col gomito per farlo proseguire.

"Tu hai dei poteri perché la magia bianca di tua madre controbilancia la magia caotica e distruttiva di tuo padre. Tuo padre si chiama Rezeal. È un arcangelo della morte."

Asher si fermò, lasciando che Kira assorbisse il tutto.

"Davvero?" sussurrò Kira. "Mio padre è vivo?"

Asher fece un cesto incerto.

"In un certo senso. Non puoi uccidere un arcangelo, non importa quanto nera diventi la sua anima. Tu madre venne uccisa da un signore dell'inferno, uno dei demoni più potenti. Il demone stava provando ad arrivare a tuo padre e, nel farlo, ha ucciso tua madre.

"Dopo... Rezeal non era più lo stesso. La morte di tua madre lo aveva cambiato, e tutto il bene che c'era dentro di lui divenne male. Tu eri l'unica persona al mondo che non aveva paura di lui, perché sapevi che lui ti amava."

Kira sentì un'altra lacrima scenderle lungo la guancia, sebbene non si fosse nemmeno accorta di aver ricominciato a piangere. A quanto pare, da un po' di tempo a questa parte non faceva altro.

"Se mi amava, perché se n'è andato?" Kira percepì il tono patetico della sua voce, la bambina di cinque anni dentro di lei, assetata di conoscenza, che si chiedeva dove avesse sbagliato.

"Ti ha attaccato, una volta," disse Asher lentamente, i pugni chiusi. "Tua madre mi ha raccontato la sua versione della storia, e sembra che lei l'abbia allontanato dopo che tuo padre ti aveva colpito in un accesso d'ira. Era ubriaco. E tu eri troppo piccola per proteggerti."

"Nonna Louise era abbastanza potente da poter scacciare un arcangelo?" chiese Kira, sospettosa. "Riusciva a malapena a dar potere ai propri incantesimi."

"Penso che abbia rinunciato alla maggior parte della sua magia per proteggere te. Alla fine, però, tuo padre ha trovato il modo di ritornare a Union City. Qualche giorno dopo che io ti vidi per la prima volta. Ti seguivo, e vidi che tuo padre ti stava seguendo a sua volta. Mi affrontò, mi disse... beh, non hai bisogno di saperlo. Era una cosa disgustosa. Kira... voleva farti del male."

Quando Asher la guardò, Kira vide che i suoi occhi si erano fatti neri come la notte, e allora capì.

Stava confessando.

"Mi dispiace, Kira. Lo so che è tuo padre, ma non potevo..." Asher emise un suono pieno di dolore. "Non potevo lasciare che ti si avvicinasse. Cercai qualcuno in grado di farlo sparire... e così trovai Mere Marie. Ecco perché le sono debitore, e la servirò fino a quando lei lo vorrà."

"Che cos'hai fatto?" chiese Kira con voce tremante.

"Prima ero un mutaforma completo," disse Asher sorridendo senza gioia. "Potevo assumere la forma di tutto e tutti. Diedi il mio potere a Mere Marie, e in cambio lei ti protesse, fece in modo di renderti invisibile a tuo padre. Tuo padre avrebbe potuto cercarti per sempre e non ti avrebbe trovata, né ora né mai. Non avrebbe mai potuto farti del male."

"Non capisco. Puoi ancora trasformarti in orso, no?"

"Mi ha lasciato giusto quello. Pensò che avesse pietà di me, il che è meglio di niente. Mere Marie non è solita agire in preda alle emozioni. In ogni modo, accettai il patto. Pensavo di essere stato furbo, di aver sconfitto Rezeal. Ma non feci altro che rovinarmi la vita."

Kira restò in silenzio a lungo, pensando.

"Non sei rimasto lontano," disse lei.

"Come?"

"Tu e io ci siamo incontrati quando io ero alle superiori. Sei rimasto in giro per un po', poi te ne sei andato. Se sapevi tutte queste cose, perché sei tornato?" chiese, confusa.

"Tuo padre aveva capito che eravamo compagni. Aveva capito che se mi avesse seguito, prima o poi avrebbe trovato anche te. Una settimana prima di lasciare Union City, aveva cominciato ad avvertire la sua presenza. Capii alla svelta che dovevo andarmene. Poi tu, quella notte, mi hai guardato, mentre eravamo a letto, prima del falò... non volevo che tu ti innamorassi di me, così come io mi ero innamorato di te. Non era giusto nei tuoi confronti."

A quelle parole il cuore le finì in gola.

"Tu mi amavi?" chiese, la voce ridotta a un sussurro.

"Ti amo. Al presente," disse Asher guardandola con un

cipiglio. "Non volevo che lo sapessi, ma non posso nemmeno sopportare che non lo sai. Ecco cosa mi fai, Kira. Mi fai... vacillare."

"E mio padre può trovare la Villa?" chiese Kira lentamente provando a trovare il lato positivo.

"Non ne sono sicuro," ammise Asher. Continuava a non guardarla negli occhi. "È... è così potente, cazzo. E vuole trovarti a tutti i costi. Non posso correre il rischio. Anche la sola possibilità che tu soffra è troppo per me. Non me lo perdonerei mai."

Kira si sentiva sopraffatta. C'era troppo a cui pensare, troppo da considerare. Con sua grande sorpresa, provava soprattutto tristezza per Asher, che aveva dovuto vivere per così a lungo con questo peso sulle spalle.

Lui l'aveva ferita, ma era ovvio che Asher avesse ferito sé stesso ancora di più. E tutto per proteggerla, nell'unico modo che conosceva.

Asher si sorprese quando Kira lo strinse in un forte abbraccio e gli baciò la spalla.

"Non so cosa accadrà," disse lei, la sua voce stranamente calma. "Non so se o quando dovremo separarci di nuovo, e quella è la cosa peggiore. Ma adesso sei qui con me, e io sono qui con te. Forse... forse solo per stanotte... potresti portarmi a casa con te, nel tuo letto?"

Asher si girò, la baciò, e le strinse in un abbraccio nutrito dal dolore, dalla rabbia e dalla paura che covavano dentro di lui. Lei lo capiva fin troppo bene, e allo stesso modo comprendeva il suo compagno. Li circondava una tempesta violenta e inarrestabile, e lo si trovavano proprio al centro, in attesa dello scrocio.

Era inutile piangere, no? Kira voleva godersi Asher il più a lungo possibile.

# 9

Dopo trenta ore passate a recuperare il tempo perduto – più che altro discutendo dopo infiniti round di sesso mozzafiato – Kira mise il broncio quando Asher dovette andare di pattuglia. A quanto pare, c'era un quarto Guardiano ma, per ragioni inspiegabili, il tizio era andato in vacanza. Ergo, Asher non poteva saltare i turni di pattuglia senza mettere sotto stress Rhys, Gabriel e le loro compagne.

Kira si svegliò molto tempo dopo che Asher era uscito dal letto, stiracchiandosi e sorridendo sentendosi deliziosamente indolenzita in ogni parte del corpo. Se l'era guadagnata, questo era poco ma sicuro.

Si mise un sinuoso prendisole grigio e uscì alla ricerca di qualcosa da mangiare. Accettò un sandwich e dell'insalata da Duverjay, che in qualche modo era riuscito a preparare tutte le sue pietanze preferite senza che nessuno lo avvertisse.

Si sedette all'isola di granito in mezzo alla cucina, e quasi gemette di fronte all'eccellente qualità del cibo preparato da Duverjay. Quando si sentì piena, cominciò a sorseggiare una tazza di caffè tostato alla francese.

"Oh, è così buono," sospirò. "Duverjay, è roba locale?"

"French Truck Coffee, madame," le disse Duverjay. "Credo che sia una miscela Chiapas dal Messico. Organico!"

Kira sollevò un sopracciglio.

"Il caffè è una delle mie passioni," disse Duverjay. "New Orleans ha alcune delle migliori torrefazioni di tutto il paese, sa?"

"Capito," disse Kira annuendo. Fu sollevata nel vedere Mere Marie entrare nella stanza prima che Duverjay potesse continuare a istruirla.

"Ah, Kira, sei riapparsa," le disse Mere Marie guardandola a lungo.

"Uhhh... e già," borbottò Kira dentro la sua tazza di caffè.

"Asher mi ha detto che ti ha informato riguardo ad alcuni dettagli del tuo passato," disse Mere Marie, lo sguardo alla ricerca della faccia di Kira. "In modo particolare riguardo ai tuoi genitori."

"Sì," sospirò Kira. "A quanto pare, mio padre fa abbastanza paura. Sono condannata, Asher è condannato. Negli ultimi due giorni non ho pensato ad altro, e sono abbastanza stanca adesso."

"Ho incontrato Rezeal solo una volta, quando ho accompagnato Asher a Union City. E non desidero incontrarlo di nuovo," disse Mere Marie.

Le parole di Mere Marie le misero lo stomaco sottosopra. Mere Marie era terribilmente potente, secondo Kira. Che tipo di potere doveva avere qualcuno per intimidire la leggendaria sacerdotessa del voodoo?

"Spero di non averne mai l'occasione," disse Kira facendo spallucce. "Non so cos'altro dovrei fare. Posso solo... nascondermi da mio padre, per sempre, fino a che non muoio di morte naturale. In generale, quanto a lungo vivono i Risuscitatori?"

"Un qualche centinaio di anni, almeno."

"Ottimo. E quindi... solo un altro, cosa... duecentoquarantacinque anni? E con ogni probabilità non potrò nemmeno passarli tutti con Asher, no?" Kira gemette e si premette le dita sulle tempie.

Mere Marie le si sedette vicino, incrociò le dita e la guardò in modo contemplativo.

"Penso che ci sia una ragione se questi apparentemente misteriosi rapitori ti abbiano scaricata sulla soglia di casa nostra," disse Mere Marie.

"Crede che mio padre sia coinvolto in qualche modo?" chiese Kira, stupefatta.

"No. Qui a New Orleans c'è un'armata delle tenebre che sta diventando sempre più forte, con a capo un Re Voodoo chiamato Pere Mal," disse Mere Marie. "Credo che lui sappia dei tuoi genitori, in qualche modo. Suppongo che stia pianificando qualcosa, e che ci sia lui dietro il tuo rapimento."

"E che cosa spera di ottenere?"

Le labbra di Mere Marie si incresparono in una smorfia.

"Non ne ho idea. Forse crede di poterti usare come merce di scambio con Rezeal... ma allora, perché portarti da noi? Non ha senso."

"Lei pensa che Pere Mal saprebbe come invocare Rezeal? Assumendo che abbia un qualche tipo di piano malvagio," disse Kira inclinando la testa in modo pensieroso.

"Se davvero lo vuole, non dubito che riuscirebbe a trovare un modo. È intelligente, per non dire quanto è persistente."

"Il che rende il mistero del mio rapimento ancora più enigmatico, no?" disse Kira.

"Sì, eccome. Posso solo immaginare che Asher c'entri

qualcosa. Ma non so cosa. Con Cassie, Pere Mal aveva bisogno di lei per trovare Gabriel..." Mere Marie alzò gli occhi al cielo, pensando.

"Perché?" chiese Kira.

"A quanto pare, una volta ha perso il controllo di Cassie, e Pere Mal capì che poteva controllare l'oracolo dentro di lei... ma solo se Cassie era incinta." Mere Marie scrutò Kira da capo a piedi, e Kira sbiancò.

"Non posso essere incinta," la informò Kira. "Ho la spirale. Dev'essere qualcos'altro."

"Beh, alcune creature non raggiungo il pieno potere fino a quando non giacciono con le loro compagne. Devo fare altre ricerche sui Risuscitatori, ma è una possibilità. A meno che tu e Asher non abbiate completato l'atto a Union City –"

"No," disse Kira scuotendo il capo. "Non lo so. Se i miei poteri sono cambiati, non crede che me ne sarei accorta?"

"Forse," disse Mere Marie facendo spallucce. "Forse no."

"Penso che allora rimarrà un mistero," disse Kira.

"Troveremo il modo, Kira. Non dovrai scappare per sempre." Mere Marie toccò la mano di Kira in modo imbarazzante.

"Non mi importa di dovermi nascondere," disse Kira pensando ad alta voce. "È che... non posso accettare di abbandonare Asher. Rezeal può trovarlo in qualsiasi momento, fargli del male. Potrebbe fare del male a tutti voi. Asher ha detto che mio padre è determinato a trovarmi. Il suo potere è smisurato. Alla fine, troverà qualcuno che mi conosce e farà loro del male fino a quando non gli diranno quello che vuole sapere. Anche se non dà subito la caccia ad Asher, mio padre lo troverà, prima o poi. È la strada migliore per arrivare a me."

"Kira... non mi piace quello che stai insinuando," disse Mere Marie accigliandosi. "Niente è inevitabile, e Asher sa badare a sé stesso. Abbiamo trovato una soluzione una volta. Ne troveremo un'altra."

Kira alzò gli occhi verso la strega e le sorrise in modo fiacco.

"Certo."

"Non ti far venire in mente di scappare o di combattere da sola. Dio solo sa se ne abbiamo avuto abbastanza, di questa roba," si lamentò Mere Marie.

"Va bene," disse Kira sorseggiando il caffè.

Mere Marie le diede una pacca sulla mano e si alzò per andarsene.

"Andrà tutto bene," disse Mere Marie e se ne andò lanciando a Kira uno sguardo pregno di significato.

Kira annuì, ma fu un movimento vuoto. Il suo cuore era ancora in subbuglio, la mente irrequieta come sempre.

Niente andava veramente bene, e non lo sarebbe andato fino a quando la situazione con Rezeal non veniva risolta. Kira non aveva capito come avrebbe fatto a risolverla... non ancora.

Più tardi quella notte, Rhys radunò tutti e annunciò una notte di riposo per tutti i guardiani. Mere Marie non diede loro molti dettaglia ma, da come diceva, aveva mandato alcuni potenziali Guardiani a pattugliare la città quella notte, lasciando gli attuali Guardiani liberi di rilassarsi per ventiquattr'ore.

In qualche modo Echo era riuscita a convincere Rhys che i Guardiani avevano bisogno di andare a fare baldoria tutti assieme, e si finì con l'avere una cena elegante e fin troooppi drink in un ristorante polinesiano chiamato Latitudine 29. Kira si era fatta prestare da Cassie uno stupendo abito da cocktail color zaffiro e ornato di perline. Cassie, a quanto pareva, aveva un sacco di armadi pieni zeppi di vestiti di marca. Cassie, di per sé, era troppo avanti con la gravidanza per indossare i suoi soliti vestiti sgargianti, ma era più che contenta di poter aiutare Kira a mettersi in tiro.

E poi c'era Asher. Kira non l'aveva mai visto con un completo elegante, e meno che mai con uno smoking. E quindi quando Kira lo vide uscire dalla camera da letto acconciato dalla testa ai piedi con uno smoking fatto su misura, e con tanto di farfallino, ci mancò poco che la lingua non le rotolasse fuori dalla bocca come Wile E. Coyote.

"Sto bene?" chiese Asher sollevando un sopracciglio. C'era un accenno di umorismo nella sua voce, e quindi chiaramente lo sguardo lascivo di Kira era un po' troppo ovvio.

"Molto, molto bene" disse lei arrossendo.

"Abbastanza bene da farti venir voglia di tornare a letto invece di uscire?" chiese Asher sfoggiando un sorrisetto malefico.

"Ho i miei piani per te e quello smoking," disse Kira. "Ma dopo, dopo che siamo usciti. Non sono andata per niente in giro per New Orleans! Voglio vedere Vieux Carré di notte!"

"Mmmm... va bene," disse Asher adocchiandola con apprezzamento. "Dico di sì solo perché sei davvero uno schianto con quel vestito. Penso che riuscirò a sopportare di metterti in mostra, per un po'."

Kira e Asher flirtarono durante tutta la cena, palpeggiandosi man mano che svuotavano i bicchieri. Kira non se ne preoccupava troppo, dal momento che gli altri Guardiani e le loro compagne stavano facendo esattamente la stessa cosa. Persino Cassie, che si asteneva dal bere per ovvie ragioni, si gettò su Gabriel non appena finì di mangiare.

Dopo aver lasciato il Latitude 29, passeggiarono e presero un caffè in un posto vicino a Jackson Square. Poi si diressero a nord, verso Rampart Street, con la speranza di poter trovare un taxi per tornare alla Villa. La strada acciottolata del quartiere francese era bagnata di pioggia, la nebbia si avvinghiava ai balconi in ferro battuto e trasudava della brillantezza degli edifici colorati attorno a loro. C'era silenzio. Kira ebbe un'idea di come sarebbe stato passeggiare per New Orleans cent'anni fa.

Sottobraccio con Asher, Kira si appoggiò a lui e ispirò pienamente il suo profumo speziato, mascolino. Bastava il suo odore per farle sentire le farfalle nello stomaco, e probabilmente questo avrebbe dovuto mandarla nel panico.

*Lo amo*, pensò con una risatina brilla. Le altre due coppie erano davanti a loro, concedendo a Kira e ad Asher un po' di privacy.

"Che c'è di tanto divertente?" chiese Asher guardandola.

"Oooooh, niente," disse Kira, ma una risatina le scappò dalle labbra.

"Che carina," disse Asher con un ghigno.

"Zitto. È tutta colpa tua. Sei tu che mi hai fatta ubriacare."

"Se ricordo bene, penso proprio che sia tu ad aver insistito per ordinare quell'ultimo bicchiere di rum Keg," disse Asher.

"E tutti i drink prima di quello?"

"Non so propria cosa sia successo," disse Asher simulando innocenza.

"Sei troppo bello con questo smoking," disse Kira, il suo cervello balzando di qua e di là.

"Parla per te."

"Io non porto lo smoking!" disse Kira con una fragorosa risata.

Asher scosse il capo e le diede un bacio sulla guancia. La fece risalire sul marciapiede. D'accordo, forse aveva bevuto un bicchiere di troppo. Quando si trovarono a pochi isolati da dove speravano avrebbero trovato un taxi, Asher rallentò e si fermò, trattenendo Kira con la mano.

Kira alzò lo sguardo e vide che Rhys e Gabriel stavano facendo la stessa cosa.

"Shhh," fece Asher per avvertirla. Si guardò attorno. Fece nascondere Kira sotto il colonnato dell'edificio alla loro destra e la spinse contro la porta chiusa a chiave di una galleria d'arte.

Kira voleva sbirciare in strada, la curiosità aumentava assieme al suo battito cardiaco, ma Asher le bloccava completamente la visuale. La stava proteggendo col suo corpo massiccio... ma da cosa?

"Non muoverti da qui," ringhiò Asher girandosi verso di lei.

Kira si fece tesa e lui sparì per avvicinarsi agli altri. Incapaci di contenersi, Kira fece capolino in strada. Sussultò quando vide due dozzine di oscure figure incappucciate che non riusciva a vedere in volto. Sembravano scivolare verso Asher, Gabriel e Rhys, mentre i tre Guardiani se ne stavano spalla a spalla in mezzo alla strada. Le creature si avvicinarono, e Kira riuscì a vedere la densa aura rossa e nera che li avvolgeva. Le venne la pelle d'oca.

Gabriel aveva in mano un sottile bacchetta argentata, ma Asher e Rhys erano disarmati. Il cuore le finì in gola vedendo i tre Guardiani che si muovevano all'unisono, pronti a ingaggiar battaglia con i loro nemici.

"Echo, lancia un incantesimo di occultamento!" gridò Rhys.

Senza aspettare oltre, Rhys si accovacciò e si trasformò, e un enorme e magnifico orso spiccò un balzo in avanti. Asher fece subito altrettanto, e Kira fu sconcertata dalla bellezza del suo orso. Era un grizzly straordinario, i denti scoperti e il pelo folto non facevano altro che aumentare la sua magnificenza.

Asher e Rhys scattarono verso le figure più vicine e Gabriel restò indietro, una luce arancione gli circondava le mani mentre formulava un incantesimo. Cominciò a lanciare palle di fuoco contro i nemici che avanzavano, sebbene questi sembrava non se ne accorgessero nemmeno, nemmeno quando i loro vestiti andavano in fiamme.

I Guardiani costrinsero le figure a indietreggiare e Kira ebbe la flebile speranza che un qualche manipolo di innocenti turisti non decidesse proprio ora di sbucare da dietro l'angolo. Asher spezzò a metà uno dei suoi nemici e si stupì vedendolo prendere fuoco e ridursi a un mucchietto di cenere.

Kira si spinse ancora di più contro la porta e incrociò lo sguardo di Echo. Echo esitò, poi scattò attraverso la strada verso un'altra porta, probabilmente dove si era nascosta Cassie. Kira ispirò e corse per rintanarsi assieme alle altre due donne.

"Dobbiamo aiutarli," disse Cassie con un'espressione tormentata sul volto.

"Tu non fai proprio niente. Dobbiamo andare dove è sicuro," disse Echo abbassando lo sguardo sul pancione di Cassie.

"Mi sento così inutile," disse Cassie scuotendo il capo.

"Mi dispiace dover essere io a dirtelo, ma non possiamo andare a nasconderci e basta. Dietro l'angolo potrebbero essercene altri di quei cosi," disse Kira. "Echo, aiuta Cassie ad entrare in un edificio. C'è un bar dietro l'angolo, potete andare a rifugiarvi lì."

"Possiamo andare tutte e tre insieme," disse Echo.

"No. Andate voi due. Chiamo la Villa per far mandare i rinforzi e seguo i ragazzi," disse Kira.

"Oh, Kira..." disse Cassie.

"Basta discutere. Andate!" disse Kira controllando la

strada e poi spingendo le altre due donne verso la salvezza.
"Incenerite qualunque cosa vi si pari davanti."

Echo si guardò indietro per un'ultima volta e afferrò il braccio di Cassie per trascinarla via. Kira tirò fuori il suo cellulare e messaggiò Mere Marie e Duverjay, poi si mise la borsetta in spalla e uscì dal suo nascondiglio.

Adesso i Guardiani stavano attraversando l'ampio incrocio, provando ad attirare i nemici verso il cimitero. Era una mossa furba, così potevano allontanare la lotta dai festaioli del quartiere francese. Kira si tolse le scarpe, le lasciò sul marciapiede e corse a tutta velocità verso l'orso di Asher.

Attraversò il basso muretto di cemento che circondava il cimitero e vide che le figure incappucciate sembravano essere raddoppiate di numero. Anche Gabriel si era trasformato, e i tre orsi ammucchiavano i cadaveri a destra e a sinistra. Colonne di fuoco si innalzavano ogni volta che ne uccidevano uno, e Kira sentì l'odore del pelo bruciato nella densa aria notturna.

Se ne restò in disparte, guardandoli. Non sapeva come aiutarli. L'ultima cosa che voleva era attirare l'attenzione su di sé e dover lottare corpo a corpo con una di quelle creature. Non avrebbe fatto altro che distrarre i Guardiani, che erano già soverchiati.

Sperò di avere una bacchetta a portata di mano, e pensò che non aveva nessuna idea di come formulare un incantesimo di attacco. Si avvicinò passando in mezzo alle tombe illuminate dal chiaro di luna e seguì da lontano l'andamento della battaglia. Era buio, era difficile distinguere i tre orsi, e faticò per individuare Asher dal dietro al suo nascondiglio.

Quando sentì un ringhio di dolore, però, capì che si trattava di Asher. Qualcosa dentro di lei si agitò. Lo guardò indietreggiare. Uno degli assalitori brandiva una lama luminosa da cui gocciolava il sangue di Asher.

Per un momento, Kira sentì che c'era qualcosa che non andava dentro di lei, qualcosa di fisico. Era come se qualcuno le avesse dato una pugnalata nello stomaco, l'avesse sventrata, se le avesse strappato via qualcosa di vitale... lasciandola fredda come il ghiaccio, tremante, senza capire. Sentì come una nebbia grigiastra discenderle sugli occhi, e per un momento si chiese davvero se stesse morendo. O se fosse già morta.

Invece, le sue mani si allungarono e afferrarono la nebbia che le cadeva attorno, palpabile come spesse garze attorno al suo volto. Senza pensare, ficcò le mani nella nebbia e la aprì per provare a vedere Asher.

Ci un terribile rimbombo proveniente dal cielo e dalla terra, decine di lampi accecanti, e la terra cominciò a tremarle sotto i piedi. Lei si sentiva stranamente calma, come se fosse tutto perfettamente naturale. Come se il tuono e il terremoto facessero semplicemente parte di lei, in qualche modo.

E poi li *sentì*. A dozzine, sebbene non riuscisse a capire cosa fossero. Entità, raccolte dall'altro lato della coltre sottile, che si prostravano al suo cospetto. Offrivano aiuto, cercavano il suo tocco. La accarezzavano, quasi.

Kira strizzò gli occhi e riuscì quasi a intravedere le forme spettrali attraverso la coltre di nebbia. Spiriti deboli, irrazionali. In attesa. Che la chiamavano. Pronti... per cosa, di preciso?

"Potete aiutarlo?" sussurrò Kira a quelle sottili creature d'ombra.

"Comanda, padrona," fu la risposta.

"Attaccate le figure incappucciate," disse Kira. "Distruggeteli!"

Ci fu di nuovo quel frastuono, e questa volta Kira spalancò la bocca, sorpresa. Le porte delle cripte si spalancarono, alcune delle tombe eruttarono il fango scuro e denso. La coltre davanti ai suoi occhi si squarciò, e così li vide.

Le figure... presero vita. Ma non esattamente vita. No, erano dei morti viventi.

Perché Kira li aveva chiamati, li comandava.

Il cuore di Kira batteva all'impazzata. Guardò uno sciame di cadaveri convergere sul nemico, muovendosi con movimenti meccanici e innaturali, squarciando le figure incappucciate con mani tremanti, affondando gli orribili denti marci nei nemici che stavano attaccando Asher e gli altri Guardiani.

"Più veloci!" ordinò Kira. E subito le creature si affrettarono, smisero di barcollare. Ce n'erano più di cinquanta. Facevano a brandelli i nemici incappucciati, gemendo e sibilando mentre lottavano.

Anche se quello spettacolo le faceva rivoltare lo stomaco, Kira sentì una strana eccitazione. Quelle creature erano *sue*. Lei le aveva chiamate, lei le aveva fatte rivivere, le aveva scatenate contro il nemico. Il suo cuore si riempì di un orgoglio malato, respingendo le dolci parole di avvertimento nel fondo della sua mente. Non riusciva a concentrarsi, non riusciva a pensare...

La piccola armata di Kira distrusse l'ultimo degli assalitori, e una risata troppo a lungo ritardata le scappò dalla gola. Si sentì così potente. Invincibile. Quella sensazione le infiammò le vene, come una droga che nessuno avrebbe mai potuto produrre. Aveva la pelle d'oca, il cuore le batteva all'impazzata, la sua mente esplodeva di un'energia pigra e famelica.

E poi Asher emise un altro gemito di dolore. Kira spalancò gli occhi, anche se non si ricordava di averli chiusi. Si alzò, spalancò le braccia per abbracciare il cielo notturno.

Cos'era successo?

Quando si girò verso Asher, vide che le sue creature

avevano circondato i Guardiani che, schiena contro schiena, lottavano duramente per provare a tenere lontana l'instancabile armata di morti.

"Basta!" gridò Kira, piena di paura.

E, d'improvviso, le creature si dissolsero in quella sottile nebbia grigia, gemendo e sibilando.

"Tornate a casa!" gridò Kira sentendosi tradita.

La nebbia si sollevò e volò via, turbinando e mulinando verso l'alto lato della leggera coltre. Le creature ripresero forma nella loro gabbia di nebbia, allungando le mani verso Kira e gridando: "Padrona! Padrona!"

"Chiuditi!" gridò Kira alla coltre di nebbia.

Non successe niente. Una tenebrosa mano grigiastra si allungò verso di lei e le afferrò il polso. Lei scosse il braccio per allontanarla, poi alzò lo sguardo e si bloccò.

A guardarla, in modo impalpabile ma inequivocabile, c'era nonna Louise.

"Nonna?" strillò Kira, gli occhi pieni di lacrime. "Sei tu?"

"Non cercarmi, Kira Louise," disse sua nonna con voce rasposa. "Devi controllare il tuo dono, come ho fatto io."

"Anche tu potevi resuscitare i morti?" chiese Kira, stupefatta.

"Non c'è tempo," le disse sua nonna. Sollevò una pesante matassa di vestiti scuri e la spinse attraverso la coltre. Kira la accettò, guardando lo spettro di sua nonna con gli occhi sgranati.

"Che cos'è?"

"Chiudi il Velo, Kira. Non cercarmi. Questa magia annerirà la tua anima, se non stai attenta."

"Ma... nonna..."

"Ti voglio bene, Kira. Chiudi il velo."

Sua nonna le lasciò andare il polso e svanì nella massa nebbiosa di figure grigiastre. Sebbene Kira volesse dirle di non andare via, volesse essere riassicurata, l'urgenza che aveva colto nel tono di sua nonna ancora le risuonava nelle orecchie.

Agendo d'istinto, Kira spalancò le mani davanti a sé e le batté, richiudendo così lo strappo nella coltre.

Cadde il silenzio.

Tutta l'energia e il potere che l'avevano investita fino a un momento fa furono risucchiate dal suo corpo. Kira fece un passo incerto, poi un altro. Le sue ginocchia l'abbandonarono. Cadde in terra, rotolando sulla schiena, senza alcun controllo. La matassa di vestiti che stringeva tra le mani, un leggero pezzo di seta nera, svolazzò ricadendo ai suoi piedi.

Era tutto annebbiato, come se un sudario le ricoprisse i sensi. Eppure, riconobbe il tocco di Asher quando lo sentì, lo riconobbe quando lui la prese tra le sue braccia.

"Stavano per farti del male," mormorò Kira, senza nemmeno sapere a chi si riferisse, se agli assalitori incappucciati o alle cose morte che aveva tirato fuori dal terreno. I suoi pensieri erano torbidi, pieni di paura.

"Va tutto bene, amore. Ci sono io."

La voce di Asher sembrava distare migliaia di chilometri, ma era tutto quello che Kira aveva bisogno di sapere.

"Shhh... dormi, Kira, dormi."

Le aveva parlato?

Kira si lasciò andare, sapeva di essere al sicuro tra le braccia di Asher. L'oscurità la trascinò a sé, deponendola in una sbadigliante tomba fatta di nulla.

## 10

Quando Kira aprì gli occhi, Asher sentì come se il proprio cuore si alleggerisse di un peso insopportabile. Era rimasto seduto al suo fianco per almeno due giorni, guardando il suo petto che si alzava e si abbassava, il suo corpo disteso che sembrava incredibilmente piccolo su quel letto enorme. Era rimasto lì vigile, in attesa...

Il bello era che lui non sapeva nemmeno che cosa diavolo fosse successo. Erano stati attaccati, i Guardiani avevano spostato la battaglia nel cimitero di San Luigi, e poi le cose erano andate a puttane. Un'orda di zombie del cavolo si erano uniti alla rissa e aveva maciullato gli assassini incappucciati. E poi gli zombie avevano circondato i Guardiani, allungano le loro dita ossute verso di loro...

Poi Kira aveva gridato, gli zombie erano svaniti nell'aria sottile e Kira era crollata come una marionetta senza fili. Asher era ferito piuttosto gravemente, ma si era ritrasformato e si era avvicinato a lei. Lei aveva mormorato qualcosa senza senso, chiedendo scusa e borbottando.

E poi... Asher non sapeva come descriverlo. Riusciva solo a dire che la luce l'aveva abbandonata. Kira era calda, il suo petto si alzava e si abbassava, ma non c'era Kira lì dentro. Il suo orso se n'era accorto e si era lasciato andare in un ruggito di dolore.

Due giorni. Per due cazzo di giorni Asher le aveva stretto la mano. Per due giorni si era asciugato le lacrime, delle vere e proprie cazzo di lacrime, lui, che non riusciva a ricordarsi quand'era stata l'ultima volta che aveva pianto. Due giorni di insopportabile dolore, dentro e fuori, mentre il suo corpo guariva e il suo cuore cominciava lentamente ad appassire.

Poi lei aveva riaperto gli occhi.

"Kira?" chiese Asher. Il suo orso si risvegliò, pulsando di energia e felicità.

*Compagna. Compagna. Compagnacompagnacompagnacompagnacompagnacompagna.*

"Ash?" Quel vezzeggiativo sulle sue labbra era la cosa più dolce che Asher avesse mai sentito in vita sua.

"Kira, amore. Oh, Gesù..." La sollevò e se la depose in grembo per abbracciarla forte. "Mi hai fatto morire di paura. Cazzo."

Una cocente lacrima solitaria gli attraversò la guancia. Le affondò la faccia nel collo, ispirando il suo profumo, rallegrandosi quando lei gli avvolse il collo con il braccio.

"Penso... penso di aver fatto qualcosa di molto brutto," sussurrò Kira.

"Va tutto bene," disse Asher. "Gli assassini sono spariti, gli zombi sono spariti. Sei al sicuro."

"Zombie!" gridò Kira stupefatta.

Asher la depose di nuovo sul letto e la guardò in volto.

"Vado a prenderti un po' d'acqua. Qualcosa da mangiare," disse girandosi alla ricerca del telefono per poter chiamare Duverjay.

Kira gli afferrò il polso, la sua stretta sorprendentemente forte.

"Aspetta," disse quasi supplicandolo. "Ash, tu non capisci. Gli... zombie. Li ho *chiamati io*."

Asher si fermò, girò lentamente la testa verso Kira.

"Cosa?" chiese.

"Li ho chiamati io. Io... li ho creati. Ho dato loro la vita," disse Kira rabbrividendo. Era pallida come un lenzuolo, le tremavano le dita. "L'ho fatto io, Ash. Sono stata io!"

Kira scoppiò in lacrime e si sporse in avanti per seppellire la faccia nelle mani di Asher.

"Oh, Dio. Cosa ho fatto? Che c'è di sbagliato in me?"

"Kira, sono sicuro che..." Asher la toccò, senza sapere cosa dire, ma Kira si ritrasse.

Sollevò il viso, contorto per la paura.

"Oh, no. Oh. È *lui*."

"Lui? Chi? Tesoro, cosa stai dicendo?"

"Mio padre," disse Kira con voce roca. "È questo il potere che mi ha dato. Oh, Dio. Oh, Dio. Mi viene da vomitare."

Kira si accasciò sul letto e si contorse, ma non accadde nulla. Le vennero dei conati di vomito, si asciugò la faccia e la bocca, il corpo attraversato dai tremori.

Asher corse in bagno per prendere un asciugamano. Quando ritornò, Kira tossì e le vennero altri conati, ma non vomitò. Asher la strinse a sé, coccolandola, e le asciugò le lacrime che le macchiavano il volto.

"Tesoro, va tutto bene," le disse accarezzandole i capelli e provando a calmarla.

"No! Sono un mostro, Asher. Un cazzo di mostro. Quando l'ho fatto, quando li ho evocati... mi sono sentita così bene. Mi sono sentita potente, Dio..."

"Shhh, non dobbiamo parlarne adesso," disse Asher, la mente che gli turbinava.

"Lo sapevo che era sbagliato. Lo sapevo," sussultò Kira stringendosi il petto. "Ti prego, non odiarmi, ti prego."

"Mai," le giurò Asher. "Non potei mai odiarti."

Asher la cullò e la zittì fino a quando lei non si fece di nuovo silenziosa, cadendo in un sonno leggero. La sistemò sul letto, si alzò e si mise a passeggiare per la stanza. Si grattò la testa provando a capire cosa stesse succedendo.

Risuscitatore. La parola che Mere Marie aveva usato per descrivere Kira. Asher fece un respiro profondo. La sua mente balzò di qua e di là, e ogni pensiero era come un pugno nello stomaco.

Kira era stata portata qui per un motivo.

I Risuscitatori avevano bisogno che i loro potersi venissero... risvegliati, in qualche modo.

Lui e Kira avevano finalmente consumato, per la prima volta.

Asher aveva come acceso una miccia dentro di lei. Come aveva detto? *Stavano per farti male.*

Quello che era successo al cimitero era stato il primo segno dei suoi veri poteri e, con ogni probabilità, era proprio per questo che l'avevano lasciata sul prato della Villa. Si trovava qui perché qualcuno sapeva che Asher avrebbe risvegliato le sue abilità.

Se il grilletto era stato premuto, allora il proiettile era partito. Di nuovo: c'era un motivo se l'avevano portata qui.

Qualcuno sarebbe venuto a cercarla. La mente dietro tutto il piano, forse, o il primo essere potente in grado di percepire il vero potenziale di Kira.

L'avrebbero presa, a meno che Asher non agiva di fretta.

Gli tremavano le mani. Prese il telefono.

"Ho bisogno di tutti. Adesso."

Chiuse la chiamata e gettò via il telefono. Si girò verso Kira incrociando le braccia sul petto e guardandola da diversi metri di distanza. Non era in grado di andare da lei, non era calmo abbastanza per continuare a confortarla. Asher si girò e si diresse verso le scale.

Aveva bisogno di risposte. Aveva bisogno di armi, di moltissime armi.

Ci sarebbe stata una guerra.

"Kira, tu non hai fatto niente di sbagliato." L'indomani, Mere Marie era a braccia conserte e osservava Kira al di là del tavolo.

Sentendo le parole della strega, Asher si sentì immediatamente sollevato. Sebbene non riuscisse a credere che Kira avesse fatto qualcosa di malvagio, la paura sincera che aveva scorto nei suoi occhi l'aveva sciocato. La guardò, intrecciando le dita alle sue sotto al tavolo, e le strinse la mano.

Lei gli lanciò uno sguardo insicuro, poi si girò verso Mere Marie.

"Lei non c'era. Lei non ha..." cominciò a dire Kira, poi fece un respiro profondo e guardò i Guardiani seduti attorno al tavolo assieme alle loro compagne. "Era una cosa oscura. L'ho sentita. Sapevo che era sbagliato."

Mere Marie sospirò e scosse il capo.

"Te l'ho già spiegato. Non hai mai usato la tua magia, e quindi è bianca come la neve. È normale che tutto ti sembri oscuro. Nel migliore dei casi, la magia che hai usato è grigia."

"Ho usato i miei poteri per uccidere," disse Kira abbassando la voce fino a ridurla a un sussurro.

"Hai ucciso i demoni che ci stavano attaccando," s'intromise Rhys con un cipiglio. "Se quella è magia nera, allora i Guardiani sono neri come la pece."

Kira si morse il labbro e guardò Asher alla ricerca del suo giudizio.

"Tu sei una strega bianca," le disse Asher guardandola negli occhi. "Lo so io come lo sai tu. È che hai delle abilità... extra. Solo perché le hai non vuol dire che tu debba usarle."

Kira arricciò il naso e annuì lentamente. Il nodo carico di tensione che Asher aveva nel petto si sciolse e ora come ora non voleva far altro che abbracciarla.

"Abbiamo finito?" disse prima di potersi controllare. Sollevò lo sguardo e vide che tutti lo guardavano in modo consapevole, e Asher socchiuse gli occhi. "C'è qualche problema?"

"Non abbiamo ancora affrontato il resto del problema," disse Gabriel come per scusarsi. "Perché l'hanno portata qui, chi vuole rapirla. Sai, tutte quelle cose che ieri ti facevano tanto infuriare."

"Non mi ero esattamente infuriato," disse Asher. "Se mi infurio, sta' poco ma sicuro che te ne accorgi."

Gabriel inclinò la testa e non disse nulla.

"È Pere Mal," disse Mere Marie contorcendo la bocca. "Questo complotto puzza di lui lontano un chilometro. Rapimenti, demoni incappucciati, manipolare i Guardiani per i propri fini..."

Fece un gesto con la mano.

"Ieri notte ho mandato delle spie al Gray Market," disse Echo "Mi hanno detto la stessa cosa: c'è Pere Mal dietro tutto questo."

"Suppongo tu non abbia nessuna profezia per noi, eh, Cassie?" chiese Mere Marie.

Cassie rivolse un sorriso afflitto a tutti quanti.

"Niente. È come se il bambino... le stesse interrompendo," disse scuotendo il capo.

"E che cosa vuole Pere Mal?" si chiese Kira ad alta voce.

"Tuo padre, immagino," le rispose Gabriel. Tutti lo guardarono e lui fece spallucce. "Ho fatto delle ricerche su Kira, ok? Non ci sono molti Risuscitatori donna in quest'epoca, e quindi non è stato difficile risalire la linea di discendenza."

"Ma che cosa vorrebbe Pere Mal da Rezeal? Un angelo

della morte schiaccerebbe Pere Mal come uno scarafaggio se osasse... non lo so, convocarlo."

"Uno scambio," disse Asher mettendo insieme i pezzi del puzzle. "Kira, in cambio di un favore. E se Pere Mal è ossessionato dai propri antenati, con l'ottenere il potere dall'altro lato del Vele, Rezeal potrebbe sembrare un buon bersaglio."

"È pazzo, ma anche furbo," disse Mere Marie allargando le dita sul tavolo. "Penso che tu ci abbia preso in pieno, Asher."

"E quindi cosa facciamo?" disse Kira strizzando la mano di Asher. "Come lo fermiamo?"

Il tavolo si zittì per un lunghissimo istante.

"Penso che dovremmo tenerti qui, fino a quando non lo capiamo. Qual è un bel modo per dire 'arresti domiciliari'?" chiese Rhys.

"Cafone!" gli disse Echo dandogli uno schiaffo sul braccio. "Kira, non è così terribile. Ci siamo passati tutti, segregati in questa Villa."

"E abbiamo visto pure cosa succede quando si sgattaiola via," disse Rhys guardando Echo con severità.

"Già. Non farlo," sospirò Echo alzando gli occhi al cielo. "Non finisce mai bene."

"Pere Mal mi sta dando la caccia. Rezeal mi sta dando la caccia. Non si fermeranno fino a quando non avranno trovato qualcuno che sappia dove sono," disse Kira, la voce fredda come il ghiaccio. "Faranno male a uno di voi, e a causa mia. Se me ne resto nascosta, sarà colpa mia."

Alzò gli occhi e vide che gli occhi di Asher brillavano di lacrime. Il suo cuore si era quasi fermato vedendola così convinta. Si sentì lo stomaco sottosopra. Una nota distinta di paura.

"Noi ci proteggiamo a vicenda," disse Mere Marie guardando Kira. "Te inclusa. E quindi non farti venire in mente strane idee. Troveremo una soluzione."

Kira si passò la mano tra i capelli, frustrata.

"Un'altra cosa," disse Mere Marie. Tirò fuori un grosso pezzo di seta nera e lo fece scivolare sul tavolo. "Questo lo riconosci?"

Kira allungò una mano e fece una smorfia. Quando lo toccò, il tessuto si mosse da solo, saltellando e chiudendosi a cerchio, formando poi quella che sembrava un piccolo sacchetto.

Kira esitò. Osservò i Guardiani.

"Me lo ha dato mia nonna," disse.

"Nonna Louise?" chiese Asher accigliandosi.

"Me lo ha passato attraverso quella specie di... coltre," disse Kira.

"Tua nonna ti ha passato questo sacchetto attraverso il Velo?" chiese Mere Marie con aria sorpresa. "E io che ti ritenevo una strega mediocre. Ci vuole una quantità di potere spropositata per far passare degli oggetti tra un reame e l'altro."

"Penso... penso che lei fosse come me. Un Risuscitatore, voglio dire."

"Beh, basta aspettare," disse Mere Marie annuendo al sacchetto. "Vediamo cos'è che ti ha dato."

Facendo un profondo respiro per farsi forza, Kira mise la mano nel sacchetto. Con sua enorme sorpresa riuscì a infilarci tutto il braccio, sebbene il sottile sacchetto di seta non si fosse neanche mosso.

"È come una botola!" disse Kira sollevando le sopracciglia.

Gemendo per lo sforzo, Kira tirò il braccio fuori dal sacchetto. In mano aveva una spada lunga un metro e mezzo. La lama e l'elsa erano privi di segni, brillavano più del normale metallo, in modo quasi accecante.

"Per l'amore del cielo, rimettila nel sacchetto!" gridò Mere Marie sporgendosi e spingendo la mano di Kira. "Rimetticela!"

Kira rinfilò la spada nel sacchetto, stupefatta. Mere Marie si portò le mani al petto, e Asher avrebbe giurato che la regina del voodoo stava sudando freddo.

"Che succede?" chiese Kira.

"Come diavolo ha fatto tua nonna a trovarla..." Mere Marie si passò il dorso della mano sulla fronte, pallida. "Non tirare mai più fuori quella spada, Kira. Mai più."

"La tiro fuori immediatamente se non mi dice cos'è," disse Kira con una smorfia infastidita.

"Penso che sia una Voleur de Lumière," disse Gabriel, gli occhi inscuriti da un interesse quasi fatale. "Ho letto delle cose. Il loro nome significa Ladra della Luce. Permette a chi la impugna di controllare completamente l'anima di chi ne viene trafitto. Qualcosa di più della vita e della morte. Chiunque la impugni può spedire la vittima in un aldilà a suo piacimento. In paradiso, all'inferno, o da qualche altra parte..."

Gabriel tremò. Kira sembrava troppo stordita per rispondere.

"Penso che sia meglio se lo dai a me," disse Mere Marie alzandosi in piedi e scuotendo il capo in modo impetuoso. "È troppo pericolosa."

"Assolutamente no," disse Asher alzandosi per torreggiare su Mere Marie. "Appartiene a Kira. Solo a Kira. Non la toccherà nessun altro, nemmeno io."

Mere Marie tirò su con il naso, apparentemente offesa, ma non osò contraddire lo sguardo furente di Asher. Kira le sorrise debolmente, e presto l'incontro era finito. Kira piegò il pezzo di seta e se lo mise in tasca senza tante cerimonie, e Asher sorrise.

Ritornando verso quella che entrambi consideravano la loro camera da letto, il cuore di Asher si fece pesante.

"Kira," disse Asher fermandola. "Promettimi che lascerai che siano i Guardiani a occuparsi di Pere Mal."

Lei lo guardò, le labbra contorte in un mezzo sorriso.

"Okay," disse lei facendo spallucce.

Insoddisfatto, Asher la lasciò andare e la seguì. Kira se ne andò dritta in camera, spogliandosi mano facendo e stravaccandosi sul letto.

"Ho appena capito che non ho più voglia di sprecare il tempo," disse Kira sorridendogli dolcemente. "Tutte queste cose... mio padre che ci cerca, quello stronzo di Pere Mal... non me ne importa. Ho bisogno di te, e tu hai bisogno di me. Siamo insieme."

"Kira..." si acciglò Asher.

"Ascolta," disse lei afferrandogli la mano e facendolo distendere sul letto. "I compagni sono per sempre, giusto?"

Dopo un momento, Asher annuì.

"Beh, e questo vorrà pur dire qualcosa. Vuol dire che non importa quello che succeda, non importa cosa ci dia la caccia, io e te siamo connessi. Per sempre," disse lei, gli occhi illuminati da una strana luce. "E io lo voglio, Ash, voglio te. Non mi importa di quello che succede."

"Kira, lo sai che non posso reclamarti."

"Non puoi o non vuoi?" chiese lei, inclinando la testa e passandogli una mano sul petto.

"Entrambe le cose," disse Asher, un ruggito gli crebbe nel petto. Kira si stava comportando in modo così strano, e lui non riusciva a capire cosa stesse succedendo. "Devo proteggerti."

"Perché mi ami," disse lei contorcendo le labbra.

Asher deglutì. Quelle parole lo resero nervoso. Il suo tono era completamente sbagliato.

"Sì, Kira. Cazzo se ti amo. E mi stai facendo morire di paura, adesso," disse afferrandole il mento.

Lei lo guardo. I suoi occhi tradirono la sua vulnerabilità.

"Fammi tua, Asher. Dammi tutto, tutto quello che avrei dovuto avere a Union City."

Asher la guardava paralizzato.

"Kira..."

"Ti prego, Ash. Dimmi almeno che ci penserai."

Come poteva dirle di no, anche se era per il suo bene?

Asher annuì. Le labbra di Kira trovarono le sue e le mani trovarono i suoi jeans.

"Non stanotte," disse lui bruscamente. "Non accadrà stanotte."

"Va bene," disse Kira sfiorandogli il collo con le labbra.

Kira lo spogliò e si mise a cavalcioni sopra di lui, baciandolo con passione mentre infilava il suo cazzo dentro di lei. Kira lo tenne fermo, le mani sul petto, e lo cavalcò con un abbandono completo. Era una tortura: il modo in cui il suo corpo si muoveva, il modo in cui gettava la testa all'indietro. Il modo in cui lei si prese tutto, ogni pezzo del suo corpo. Lei gli stava liberando l'anima, ma lui si sentiva rovinato.

Vennero insieme, in modo improvviso e violento. Spento, Asher si strinse Kira al petto, il cuore sopraffatto da un migliaio di sentimenti che si contraddicevano tra loro. Lei si addormentò tra le sue braccia, il respiro caldo sulla sua pelle, lasciando Asher a meditare sulla sua richiesta.

Come poteva darle quello che voleva, sapendo a cosa avrebbe potuto portare?

E, ancor peggio, come poteva rifiutarsi?

## 11

Asher fece passare esattamente cinque giorni, diciotto ore e ventisei minuti tra la richiesta della sua compagna di essere reclamata e l'atto vero e proprio. Si era rintanato nella Villa con Kira, facendola restare in camera sua e, cosa più importante, nel suo letto, uscendo solo per mangiare, per qualche doccia e delle occasionali ore di pattuglia.

Il secondo giorno Asher capì di trovarsi nei guai. Quando stava insieme a Kira si sentiva troppo bene, cominciava a non poter fare a meno della sua presenza, del suono della sua risata.

Il quarto giorno Asher aveva provato a parlare con lei di quello che stava succedendo. Non voleva spaventarla, e nemmeno spiegarle che aveva perso ogni controllo di sé e che forse aveva appena firmato la loro condanna a morte. Più che altro era per fare conversazione.

Tipo: "Ehi, da un minuto all'altro ti morderò, e allora saremo compagni. Non so come ho fatto a resistere negli ultimi cinque minuti. Sai che potrebbe farci ammazzare tutti e due, sì?"

Sfortunatamente lei lo aveva zittito con le sue labbra rosee e floride, e le sue parole scivolarono via, dimenticate.

La mattina del quinto giorno Asher era invischiato in una lotta quasi insormontabile con sei demoni Aszgraethe. Si ritrovò ad accettare la sanguinolenta violenza a cui stava per andare. Kira lo avrebbe pianto, certo, ma sarebbe stato al sicuro.

Gabriel e Rhys erano intervenuti giusto in tempo, e Asher si sentì amareggiato.

Ora, cinque giorni, diciotto ore e ventisei minuti dopo che Kira lo aveva implorato di marchiarla, Asher stava quasi delirando a causa della soddisfazione fisica e della tristezza emotiva che sentiva allo stesso tempo. Kira era stretta tra le sue braccia, che riposava dopo quella loro sesso da far perdere la testa, pieno di morsi e creatore di sentenze di morte.

Asher le accarezzò il collo con un dito, proprio al di sopra del segno che reclamava Kira come sua, per sempre. Strangamente, sebbene ci fosse un pozzo infinito di rabbia e auto-recriminazione che bolliva da qualche parte dentro di lui, semplicemente non riusciva ad arrabbiarsi. Non mentre stringeva la sua compagna tra le braccia. Non mentre la Villa era così tranquilla e sicura, così confortevole.

La quiete prima della tempesta.

## 12

*L*'egoismo di Asher raggiunse proporzioni epiche. Dopo aver passato anni a negare a sé stesso la sua compagna, la ricompensa era stata fin troppo dolce. A dire il vero, era stata una conversazione a rappresentare il punto di svolta.

"Potremmo ricominciare," gli disse Kira accarezzandogli il petto nudo con la punta delle dita. "Da qualche parte, un posto troppo lontano dove nessuno ci troverebbe mai."

"Ah sì?" disse Asher prendendola in giro.

"Sì. Un nascondiglio. Creiamo il posto perfetto. Ci entriamo... e non ne usciamo mai più. Semplice."

"E com'è questo posto perfetto?"

"Da qualche parte vicino al mare, ma con tutte le stagioni. Mi piacciono l'autunno e la primavera, come a chiunque altro," disse Kira.

"Penso che tu ti sia dimenticata di qualcosa. O di qualcuno."

"Chi?"

"Mere Marie. Nascondersi da tuo padre è un conto. È solamente un terrificante arcangelo della morte. Mere

Marie, d'altro canto..." disse Asher. La stava prendendo in giro... ma solo fino a un certo punto. Aveva dato a Mere Marie la sua parola, e non poteva andarsene fino a quando non saldava il debito.

Kira ringhiò per esprimere la propria disapprovazione, scuotendo il cappo. Ma la sua soluzione non era del tutto assurda, e quell'idea attecchì dentro Asher senza volersene andare via. O forse gli dava un motivo per sperare.

Come si scoprì, la speranza era il suo tallone d'Achille. Lo cullava, lo rendeva stupido.

Asher chiuse gli occhi e si lasciò trasportare. Quando lì riaprì un paio di minuti dopo, la luce del sole inondava la camera. Si mise a sedere, capì che quel paio di minuti erano stati in realtà un paio d'ore. Si accorse anche che Kira se n'era andata, il suo lato del letto era freddo come il ghiaccio.

"Farai meglio a essere di sotto a giocare a backgammon con quel cazzo di gatto," disse Asher ad alta voce.

Ma non era così.

E non si trovava nemmeno nel resto della Villa – e Asher aveva guardato dappertutto. Aveva persino interrotto Gabriel e Cassie in quello che sembrava essere una spettacolare ginnastica sessuale da gravidanza, non che ad Asher gliene importasse un fico secco.

Alla fine, tutti si ritrovarono nella sala da pranzo provando a capire dove diavolo mai si fosse andata a cacciare Kira.

"Forse Pere Mal è entrato di nuovo e l'ha rapita?" chiese Cassie sgranando gli occhi. "Con me lo ha fatto."

"Ne dubito." Cairn, il piccolo gatto peloso di Mere Marie, balzò sul tavolo e si rivolse ad Asher. "Mentre tu passavi la giornata a dormire, la tua compagna ha fatto un sacco di domande, ha ficcato il naso in un sacco di cose," gli annunciò il gatto.

"Tipo?" chiese Rhys guardando il gatto in modo severo. "Sputa il rospo."

"Voleva sapere dove poteva esser rintanato Pere Mal. Sembrava pensare che Pere Mal potesse essere in grado di invocare Rezeal. Mi ha anche chiesto alcuni incantesimi di attacco piuttosto brutali. Le ho detto che era una pessima idea," disse Cairn con un sospiro. "Non mi ha dato retta."

"E non hai pensato di dovercelo dire?" gridò Asher, il suo orso sempre più inferocito.

"Lo sai... no," disse Cairn voltandosi e balzando già dal tavolo quando Asher gli avvicinò con un ringhio minaccioso.

"Quel cazzo di gatto..." sibilò Asher.

"Kira ha detto qualcosa? Ha fatto qualcosa di strano negli ultimi giorni?" si intromise Gabriel.

"No. Lei..." Asher si zittì. "Merda."

Quell'insistenza nel voler essere marchiata, sebbene sapesse che era pericoloso. Il modo in cui ne parlava...

*Non mi importa di quello che succede,* aveva detto. *Non ora che siamo insieme.*

"Cazzo. Cazzo!" disse Asher scuotendo il capo. "Avrei dovuto capirlo. Ho solo pensato che fosse finalmente felice."

"Non biasimare te stesso," disse Echo con un sospiro. "Nessuno di voi Guardiani se la cava a capire cosa pensiamo noi donne."

Gabriel sbuffò, dicendosi d'accordo. Rhys si acciglò.

Asher non si rese quasi conto dello scambio di sguardi. La sua mente arrancava di qua e di là.

"Che cosa facciamo? Dove diavolo andiamo a cercarla?" chiese, in agonia.

"È l'essere più potente in città, e sa a malapena come difendersi. Penso che non faticheremo a trovarla," disse Mere Marie. "Quello che mi preoccupa è quello che faremo quando la troveremo. Vestitevi e andate a cercarla."

Come si scoprì, Mere Marie aveva ragione riguardo Kira. Sarebbe stato quasi impossibile non trovarla, perché lei e Pere Mal stavano combattendo, e la delicatezza e la discrezione non avevano mai fatto parte dell'equazione.

Kira e Pere Mal se ne stavano alle due estremità del mercato francese, una grossa struttura all'aperto coperta da un sottile tetto verde di lamiera. Il mercato francese erano un mucchio di venditori strizzati su un chilometro scarso di cemento, che vendevano qualunque gingillo o ninnolo da turisti possibile e immaginabile, un luogo di ritrovo chiassoso e affollato.

Al momento, il mercato era sinistramente vuoto, con qualche ritardatario che se la dava a gambe come se avesse i capelli in fiamme. Con la coda dell'occhio Asher vide il luminoso lampo blu di un incantesimo e una bancarella di t-shirt ridursi in cenere. Non c'era da sorprendersi se tutti se l'erano dati a gambe levate; né Kira né Pere Mal si erano preoccupati di nascondere la propria magia, e si stavano lanciando avanti e indietro degli incantesimi pericolosissimi, per non menzionare il chiasso e il macello che stavano combinando.

"Penso che li abbiamo trovati," annunciò Gabriel.

"Kira!" gridò Asher provando a individuarla. Rabbrividì quando lei spuntò da dietro un tavolo pieno di gioielli in macramè, lo guardò e poi sparì lanciando un incantesimo di fuoco.

Asher guardò davanti a sé, ma Mere Marie lo sorprese trattenendolo con una mano.

"Permettimi," disse avanzando proprio in mezzo alla battaglia.

Pere Mal e Mere Marie si affrontarono, e nel giro di un secondo ci furono incantesimi che volavano dappertutto, facendo esplodere pile di maschere decorative del Martedì Grasso e infradito di pelle. Asher si tenne fuori dal fuoco incrociato e riuscì ad avvicinarsi a Kira. Tra loro c'erano solo alcuni tavoli ripieghevoli coperti con gioielli e magliette.

Kira gli lanciò uno sguardo interrogativo, e lui si accigliò.

"Non pensavi che sarei venuto a cercarti?" le chiese accucciandosi per evitare un incantesimo che era piombato sul terreno a pochi metri da lui.

"Devo sistemare questa faccenda," disse Kira con una smorfia, accucciandosi per nascondersi dietro al tavolo. "Voglio stare con te, ma non posso nascondermi per sempre e sperare che mio padre non ti uccida."

Asher si gettò a terra e strisciò verso di lei.

"Avresti dovuto parlarne con me," disse afferrandole il polso per farsi ascoltare.

"Non mi avresti permesso di venire qui," disse Kira sbuffando.

"Cazzo se hai ragione."

"Asher..." sospirò Kira scuotendo il capo.

"Kira, noi siamo compagni. E per me è importante. Molto importante. Se volevi affrontare Pere Mal, avremmo trovato un modo per farlo. Per farlo insieme."

"Ash, io non sto affrontando Pere Mal," disse Kira, esasperata. "Pere Mal è solo una pedina. Lo sto usando per evocare mio padre."

"Che diavolo stai facendo?" ringhiò Asher.

"Non puoi fermarlo," disse Kira. Sembrava un po' triste. "Rezeal mi troverà, prima o poi e, che sia dannata, non permetterò che faccia del male a qualcuno mentre ci prova. Ho smesso di correre e nascondermi. Lo faccio ora, e alle mie condizioni."

Prima che Asher potesse dire altro, un incantesimo colpì il tavolo scaraventando lui e Kira in direzioni opposte. Asher piombò sul cemento, grato per la pila di vestiti di cotone che gli aveva attutito la caduta. Quando si rimise in piedi, Kira era scattata a tutta velocità verso Pere Mal, stringendo un'accecante palla di luce tra le mani.

Scagliò l'incantesimo verso Pere Mare che lo deviò verso Mere Marie. Mere Marie gridò tuffandosi sotto un tavolo, e Pere Mal riuscì così a voltarsi e a lanciarsi a sua volta verso Kira.

Un ringhio gutturale lacerò la gola di Asher, mentre Pere Mal formava un'enorme palla di energia nera e la lanciava verso Kira. La colpì da un paio di metri di distanza, espandendosi in un lampo e intrappolando il suo corpo, bloccandola sul posto.

"Revelos!" gridò Pere Mal lanciando un altro incantesimo a Kira.

Asher riuscì a sentire la sfrigolante ondata di energia e sentì un *pop* chiaro e distinto mentre l'incantesimo di occultamento di Mere Marie svaniva. I poteri di Kira furono istantaneamente palpabili, così forti e così netti da fargli venire la pelle d'oca. Kira era come un faro che irradiava il cielo con la sua presenza. Che richiamava.

Asher sapeva fin troppo bene cosa avrebbe risposto alla chiamata. Spalancò la bocca per gridare a Mere Marie, ma poi si bloccò.

Un lampo bianco gli illuminò le vene, il potere gli sorse nel corpo. All'improvviso, un centinaio di creature differenti riempirono lo spazio dentro di lui, una folla dove c'era anche il suo orso. Il suo patto con Mere Marie era stato infranto, le sue abilità mutaforma era ritornate.

Sopraffatto da quella sensazione, cadde in ginocchio. Si afferrò la testa, provando a calmare quel caos, ma non c'era modo di zittire quello che aveva di dentro. Un urlo trafisse l'aria improvvisamente ferma del mercato francese. Asher provò a lottare per controllare quella furiosa marea che aveva dentro di sé, lottò per rimanere un umano. Ricordava a malapena le sue altre forme, e controllarle sarebbe stato quasi impossibile, se concedeva loro campo libero.

Le tenebre scesero attorno al mercato. Il sole sembrò indietreggiare, il cielo divenne d'un sinistro grigio scuro, e i tuoni crepitarono e si frastagliarono, flagellando il terreno attorno a loro, abbastava vicino ad Asher da poterne sentire il calore.

Cominciò a sentirsi uno strano tamburellare, flebile all'inizio, poi crescendo fino a trasformarsi in un ruggito. Era la grandine, pesante grandine ghiacciata che cadeva dal cielo. Il vento si sollevò per frusciare sui vestiti di Asher e strapparli, sparpagliando i pezzetti in giro per il mercato. Asher ringhiò e barcollò in avanti, provando a rimettersi in sesto, a scacciare le creature dentro di lui.

Aveva bisogno di andare da Kira, di proteggerla...

Mere Marie comparve al suo fianco e gli mise una mano sulla spalla. In un istante, la sua mente si acquietò e si liberò. Lui la guardò con gratitudine.

"Non posso zittirle a lungo," disse lei, la faccia contorta dalla preoccupazione. "È un incantesimo per confortarti, niente di più. Potresti aver bisogno di loro, perché penso che..."

Le sue ultime parole vennero inghiottite da uno stridio terrificante, di metallo contro metallo, incredibilmente forte. Il vento ululò e fece quasi cadere Asher in avanti. Asher mise un braccio attorno a Mere Marie per ancorarla al suolo, temendo che il vento potesse far volare via la sua esile figura. Per un lunghissimo minuto, per un minuto senza fiato, il mondo si fece completamente e spietatamente nero.

Lentamente, una luce grigia fece capolino nel mondo, e una nuova energia riempì l'aria. Potente, oscura e malvagia. Asher se la sentì sulla pelle. Spessa, inquietante, invasiva.

Ci fu un tuono. Venne rivelata una figura solitaria all'estremità del mercato. Una figura con ampie ali nere come la notte.

Rezeal era arrivato.

## 13

Nel momento in cui suo padre fece la sua entrata, Kira sentì come un pugno nello stomaco. Lo aveva *sentito* arrivare, anche se il cielo era nero come l'inchiostro. Quando una soffice luce grigia crepitò irrompendo di nuovo nel mondo e illuminando Rezeal, lei vide che suo padre era metà quello che ricordava, metà mostro. Era troppo bello, troppo perfetto, eppure l'energia che irradiava era nera e sinistra.

Alto e flessuoso, Rezeal aveva una criniera di capelli neri che si abbinava in modo perfetto alle sue enormi ali. Il suo viso era scolpito nel marmo; zigomi appuntiti, un naso perfetto e una mascella dalla linea dura. Sembrava di pochi anni più vecchio di Kira ma i suoi occhi grigi e affilati come il ghiaccio tradivano un'intelligenza senza età. Era vestito di pelle nera dalla testa ai piedi. Sembrava più uno dei cattivi di *Sons of Anarchy* che il padre di qualcuno.

Quando Rezeal posò lo sguardo su Kira, le si contorse lo stomaco. Un accenno di interesse illuminò il viso di Rezeal, e poi sorrise. Kira pensava di star per vomitare, ma si trovò incapace di distogliere lo sguardo. Rezeal era magnetico, irresistibile. Kira deglutì con forza e si dispiacque per la sua povera madre. Essere l'oggetto delle attenzioni di Rezeal, per non parlare del suo affetto... era inimmaginabile. Terrificante.

"Rezeal!" lo chiamò Pere Mal muovendosi verso l'angelo.

Rezeal inclinò il capo e si voltò lentamente verso il re del voodoo vestito con un completo nero. Pere Mal vacillò, forse ripensando a quello che stava facendo, ma ormai era troppo tardi.

*Hai osato evocarmi?*

Le parole tuonarono nella mente di Kira, sebbene Rezeal non le avesse pronunciate ad alta voce. Suo padre sembrava come trasmettere la propria voce, proiettare i propri pensieri ai presenti. Lei non si mosse, ma con la coda dell'occhio vide Mere Marie che si rimetteva in piedi e tremava. Mere Marie e Asher dovevano essere in grado di sentirlo allo stesso modo.

"Ti ho portato un regalo," disse Pere Mal schiarendosi la gola. "Uno scambio, se vuoi."

Con un dito ossuto indicò Kira e una perla di sudore le corse lungo la schiena. Rezeal guardò Kira per un lunghissimo istante, come perplesso.

*Mi offri in cambio ciò che già mi appartiene?*

"Un uccellino tra le mie mani," disse Pere Mal incrociando le braccia sul petto. "L'ho catturata. Te l'ho fatta trovare. L'ho messa in un campo di energia..."

*Basta.*

Rezeal girò lo sguardo verso Pere Mal. Pere Mal spalancò la bocca per parlare, ma dalla sua bocca uscì suolo una folata di aria ghiacciata. Sobbalzò, i suoi movimenti rallentarono. Un sottile strato di ghiaccio lo ricoprì, e Pere Mal si fece immobile e silenzioso.

All'improvviso Kira venne liberata. Inciampò in avanti,

si riempì i polmoni con un lungo respiro. Rezeal si mosse verso di lei, il mare di detriti si aprì dinanzi a lui.

*Meredith.*

Kira fece un passo indietro continuando a guardare Rezeal e scuotendo il capo. Era il nome di sua madre, e lui voleva appuntarlo su Kira. Non sapeva chi fosse Kira?

"Non Meredith. Kira," disse lei, la voce e le mani tremanti.

*Meredith. Amore mio.*

La bocca di Kira era asciutta, la bocca incollata al palato. Guardò Mere Marie, provando a capire. Più di ogni altra cosa voleva correre verso l'altra parte del mercato e raggiungere Asher, ma non voleva attirare l'attenzione di Rezeal sul suo compagno.

"Kira," riuscì infine a dire, facendosi forza. "Tua figlia."

*Figlia?* Rezeal rallentò, come se dovesse digerire l'informazione. Scosse il capo. *Non mi inganni, Meredith. Tu sei mia.*

"Rezeal, no. Meredith... Meredith è *morta*," gli disse Kira. "Ricordi?"

Rezeal scoppiò in una fragorosa risata. Adesso si trovava a solo pochi metri da Kira.

*No. Non l'avrei mai permesso. Meredith, tu sei mia. Vieni con me. Lascia queste... creature.* Rezeal guardò Mere Marie e Pere Mal, e le sue labbra si contorsero in un ghigno. *Non sono nulla, Meredith. Ti porto a casa.*

"A Union City?" chiese Kira, confusa.

*Nei Reami Inferiori, Meredith. Ti prometto che ti porterò lì. Lucifero ci ricoprirà di onori, ci tratterà come gli dèi che siamo.* Rezeal fece una pausa, un accenno di tristezza genuina gli attraversò il volto. *Ti ho aspettato per così tanto tempo, Meredith.*

Lucifero? Kira sentì una lacrima che le attraversava la guancia. Rezeal voleva portarla all'inferno? Tremando, fece un respiro profondo. Sapeva che aveva bisogno di attirarlo più vicino se voleva che il piano funzionasse.

"Vieni da me," disse Kira provando a tenere la voce bassa. "Abbracciamo, Rezeal. Fammi vedere che ti sono mancata."

La faccia di Rezeal si illuminò di piacere e subito corse verso Kira. Prima che potesse avvicinarsi abbastanza, Asher scostò Kira con una spallata, rendendosi un obbiettivo allettante per la furia dell'angelo.

"Kira, sta' indietro."

Asher la fece indietreggiare e le fece scudo con il proprio corpo. Asher era lì, in piedi, in atteggiamento di sfida. Kira riusciva a sentire la furia e la violenza che emanavano dal suo corpo mentre si preparava a difenderla a costo della vita.

*Di nuovo tu.* La faccia di Rezeal si fece solenne mentre contemplava la presenza di Asher. *Devi capire che Meredith non ti vuole, mutaforma. Non sei niente in confronto a me.*

"Non è la tua cazzo di compagna, Rezeal. È tua figlia," disse Asher.

*Bugie. Tutti i mutaforma mentono. Tu più di tutti. Sono stanco delle tue parole.*

Asher fece indietreggiare ulteriormente Kira e si lanciò in avanti, il suo corpo si increspò liberandosi della sua forma umana. Un glorioso leone dorato scattò in avanti. Un leone molto più grande di qualunque altro avesse mai visto Kira, le arrivava alla spalla, con una fiammeggiante criniera arancione e dei penetranti occhi scuri.

Asher riuscì a sorprendere Rezeal. Placcò l'angelo e lo fece indietreggiare di diversi metri. Asher chiuse di scatto i denti per mordergli il fianco ma lo mancò di un soffio. La faccia dell'arcangelo si contorse per la rabbia e digrignò i denti, sembrando più inumano che mai.

Rezeal sollevò una mano e Asher si ritrovò a mezz'aria.

Lo tenne bloccato lì. Il leone lottò contro il potere di Rezeal, come in preda alle convulsioni. Presto Kira capì che Rezeal lo stava strangolando, lentamente ma in modo inesorabile. Kira aprì la bocca e lanciò un grido senza nemmeno accorgersene.

"FERMATI!" gridò. "Lascialo andare! È una faccenda tra me e te, Rezeal!"

Senza lasciare andare Asher, Rezeal guardò Kira.

*Verrai con me, Meredith?*

"Ti lascerò per sempre se gli fai del male," gli promise Kira. La paura e la disperazione la facevano coraggiosa. "Lascialo andare, così possiamo parlare."

Le labbra di Rezeal si contorsero divertite.

*Prima promettimelo, Meredith. Dimmi che verrai di tua spontanea volontà, o ucciderò questo mutaforma davanti ai tuoi occhi.*

Rezeal sollevò di nuovo la mano e scaraventò il leone contro il tetto di lamiera del mercato, abbastanza forte da piegare il metallo con l'impatto.

"Va bene! Va bene, fermati!" lo supplicò Kira, gli occhi pieni di lacrime. "Prima lascialo andare, e poi verrò con te."

Rezeal sogghignò mostrando una fila di denti perfettamente bianchi. Lasciò cadere a terra Asher. A Kira venne quasi da vomitare quando sentì il suono rivoltante del corpo del leone che si schiantava a terra.

*Ora.*

Rezeal si voltò e spalancò le braccia. In qualche modo, quel gesto delle braccia tagliò l'aria in due, spalancando un portale nero. Kira lo guardava con occhi sgranati e il portale prese vita, concedendole uno scorcio di quello che la aspettava dall'altro lato. Vide prima le fiamme, arancione e blu e bianche e nere, che bruciavano e ribollivano ai piedi di una montagna gigantesca. Dietro la montagna, incombeva un infausto cielo rosso sangue. Un percorso irto e ventoso era scavato sul lato della montagna. Kira riuscì a scorgere delle spettrali figure grigie che strisciavano aggrappandosi con le unghie, provando invano a scalare il sentiero.

In cima alla montagna, Kira intravide il contorno bianco e desolato di un'enorme dimora, il marmo puro e bianco che si stagliava prepotente contro il caos oscuro più in basso e il cielo sanguinario in alto.

*La casa del padrone.*

Kira balzò quando sentì le dita di Rezeal avvolgerle il braccio. Il suo toccò le provocò un altro attacco di nausea che le attraversò tutto il corpo. La magia oscura di Rezeal strisciò fuori dal suo corpo invadendola, facendole accapponare la pelle, facendola sentire contaminata. Ma il suo tocco riuscì a fare ancora di più. Risucchiò via il libero arbitrio di Kira, e concesse a Rezeal uno strano controllo sul suo corpo.

Kira inclinò la testa all'indietro guardando il volto bellissimo di quell'angelo. Le sue labbra si aprirono e Rezeal si sporse in avanti premendo la bocca contro la sua. Un bacio casto, ma che non finiva mai. Rezeal attirò Kira a sé, il petto gonfio di eccitamento, tenendola stretta per la vita in modo quasi doloroso.

Dentro di lei, Kira gridò.

Quando infine Rezeal la lasciò andare e si girò verso il portale, Kira ritornò in sé. Guardò suo padre, guardò il cancello dell'inferno che li aspettava, e capì che non c'era neanche un secondo da perdere.

Si cacciò la mano in tasca e tirò fuori il pezzo di seta nera che le aveva dato sua nonna. Senza neppure sapere a cosa servisse, Kira lo aveva portato addosso fin da quando l'aveva ricevuto. Ora, sapeva con certezza perché sua nonna glielo aveva dato.

Infilò il braccio fino in fondo dentro il sacchetto e sguainò la spada. Rezeal si girò, i suoi occhi guardarono la spada che Kira impugnava con entrambe le mani. Non era una spadaccina, ma la spada si mosse come da sola e Kira si scagliò contro suo padre.

*MEREDITH –*

Il suo grido fu soffocato dalla lama che gli penetrò lo stomaco, entrando fino all'elsa senza il minimo sforzo. Rezeal aprì la bocca e la chiuse in un momento di shock privo di suoni, l'espressione completamente incredula.

"Io non sono Meredith," disse Kira. L'energia furiosa e oscura della spada la investì. "Per tutta la mia vita, mi sono addolorata per mia madre. Era arrabbiata perché mi aveva lasciata, per quanto sciocco possa sembrare. Oggi, però... oggi è la prima volta che provo pietà per lei. Che razza di donna vuole legarsi a uno come te, Rezeal?"

Rezeal la fissò negli occhi, ma Kira si rifiutò di abbassare lo sguardo.

"Io ti bandisco," disse digrignando i denti. "Non in cielo, non all'inferno. Non al purgatorio. Voglio che tu sparisca, Rezeal. Ti voglio fuori dalla mia vita. Devi smettere di esistere. Eri potentissimo; ora sei niente. Sei polvere che turbina per l'universo, che non riprende mai la sua forma. Sparisci!"

Kira sfilò la spada liberandola dal corpo di Rezeal. Per un terrificante istante, non successe nulla. Kira pensò che lui fosse in grado di guarirsi, che potesse attaccarla, che potesse trascinarla all'inferno e tenerla prigioniera per sempre.

Poi lo vide. Una fessura minuscola si formò attorno alla bocca di Rezeal mentre lui la spalancava in un grido muto. Migliaia di crepe gli invasero la faccia, schegge infinitamente piccole si staccarono volando via, un furioso vortice nero si andava formando a mano a mano che le crepe si allargavano ricoprendogli tutto il suo corpo, e Rezeal fu risucchiato in un vortice. Nel giro di pochi istanti, di lui non rimase nulla oltre a dei granelli di cenere che lenti cadevano a terra.

La spada era pesante. Kira sentì un'energia sinistra che le crepitava nelle vene e le faceva formicolare il palmo della mano. Non voleva far altro che gettarla via, cadere in ginocchio e riposare. Si sentiva svuotata, così stanca, sopraffatta...

Invece, si chinò e afferrò il sacchetto di seta. Vi infilò dentro la spada lottando contro il suo potere incredibile. La stessa magia che aveva guidato senza alcun sforzo la spada nel corpo di Rezeal ora combatteva contro Kira, bramando di restare nel reame degli umani.

E, solo per quel motivo, Kira lottò a sua volta. Infilò la spada dentro il sacchetto facendo appello a tutta la sua forza di volontà. Lo chiuse, quasi avvizzendo quando sentì che il potere della spada svaniva. Quando alzò lo sguardo, vide che Pere Mal si stava rimettendo in piedi.

"Non OSARE mai più dare la caccia ai Guardiani!" gli gridò Kira. "Penserò a un modo ben peggiore di usare la spada su di te, te lo prometto."

Pere Mal la guardò con un ghigno, poi scosse il capo e se ne andò.

"Kira."

La voce terrorizzata di Mere Marie la fece voltare. Mere Marie si inginocchiò vicino ad Asher e accarezzò l'anca dell'enorme leone.

"No," sussurrò Kira accorrendo al suo fianco. Persino in questa sua forma, Kira riusciva a vedere che Asher era gravemente ferito, le ossa spezzate e il sangue che colava da più punti. Si inginocchiò al suo fianco scacciando l'intesa stanchezza che provava. Premette il viso sul suo petto.

Chiuse gli occhi, cercando il legame che condivideva con il suo compagno, cercando di raggiungerlo. Sentì un flebilissimo accenno di riconoscimento, ma poi svanì. Kira sentì

Asher che se ne andava, percepì il suo spirito che scivolava via, lontano da lei, volando via dal mondo umano.

Nel suo cuore non c'era nemmeno un attimo di esitazione, sebbene non avesse idea di quali sarebbe state le ripercussioni...

Kira gettò la testa all'indietro, spalancò le braccia salutando il cielo in silenzio. Inviò una supplica muta all'universo, proiettando tutto il suo potere e la sua paura e la sua rabbia in un unico accesso. Cercò la coltre che aveva visto nel cimitero, la barriera di nebbia che ora riconosceva come il Velo.

Il velo apparì. Kira vi infilò le mani senza esitare e vi fece uno squarcio, grande abbastanza per attraversarlo. Deglutendo, vi infilò una mano e si sorprese nel sentire l'aria così fredda e pesante.

Non appena cominciò a oltrepassare il Velo, accadde qualcosa di molto strano. Apparvero delle forme grigie e spettrali che guardavano Kira da vicino. Lei si spinse in avanti e loro sfrecciarono fuoriuscendo attraverso lo strappo. Le passarono di fianco come un brivido di ghiaccio. Lei si guardò indietro, ma le forme se ne stavano già volando via, a fare quello che fanno i fantasmi...

Facendosi forza, Kira si girò verso il Velo e chiuse gli occhi. Asher era lì, dall'altro lato, tanto vicino che poteva toccarlo. Riusciva a sentirlo... quasi.

Prese un altro respiro profondo e attraversò il Velo abbandonando il reame degli umani.

## 14

L'uomo se ne stava in piedi sulla riva rocciosa di un vasto, placido lago. Alla sua sinistra c'era un enorme melo graziosamente grigio, le foglie in fiore, d'un verde pallidissimo, i frutti rossi e brillanti come il sangue. Guardare i frutti gli faceva bruciare gli occhi, gli faceva capire che il mondo intero aveva perso i propri colori. Quando si guardò le mani, vide che erano d'un grigio inquietante, un grigio uguale a quello della corteccia dell'albero.

Sulla sua mano sinistra c'era un segno, il tatuaggio nero di un uccello. Guardare il tatuaggio gli fece sentire qualcosa nel petto che si stringeva e palpitava allo stesso tempo, ma non sarebbe riuscito a dire cosa fosse nemmeno per tutto l'oro del mondo.

L'uomo si accigliò e sollevò la mano per ripararsi gli occhi dal brillante sole d'argento all'orizzonte. In lontananza, pensò di scorgere un gruppo di montagne, ma erano troppo lontane per poter distinguere qualcosa di più di una vaga forma stagliata contro il cielo.

Dove si trovava?

L'uomo si sentiva come se in quel momento non dovesse trovarsi lì, ma non sapeva perché. A pensarci bene, non era nemmeno sicuro di chi fosse, e ancor meno di cosa dovesse fare invece di starsene lì a guardare il lago.

Abbassò lo sguardo e notò un'increspatura che attraversava la superfice liscia del lago. Inclinando la testa, guardò con attenzione l'acqua che turbinava, muovendosi per riflettere un'immagine. *Come una sfera di cristallo*, pensò. O, più che altro, come mille sfere di cristallo tutte assieme.

Nel lago cominciò a formarsi un'immagine, e subito l'uomo capì che stava guardando sé stesso, stralci della sua stessa storia. Non sapeva molto della sua storia, ma guardò come se fosse in grado di venirne a capo.

C'era l'uomo che guardava una bellissima ragazza. Lei era giovane, più giovane dell'uomo di diversi anni. L'uomo nel lago la guardava con un desiderio doloroso e intenso... poi si voltò e scosse il capo.

La scena cambiò. L'uomo si aggirava per una foresta densa, impugnando un fucile automatico di colore nero in una mano e un machete nell'altra. Tre uomini con la faccia dipinta a strisce sbucarono dai cespugli e gli spararono, e l'uomo cadde.

In piedi, mentre guardava la scena, l'uomo si portò una mano al petto e si toccò il petto lì dove l'avevano colpito i proiettili, e sentì un pizzico di colore familiare. Fece una smorfia, ma il lago non aveva ancora finito con lui.

Riapparve quella bellissima ragazza dai capelli biondi, questa volta un po' più vecchia, ed era tutta curve. L'uomo vide sé stesso mentre la sollevava su un prato curatissimo. Si vide mentre la baciava con una fame fervente, si vide che la stringeva a sé mentre lei dormiva.

Il petto gli fece di nuovo male, ma questa volta era diverso. Non era una ferità fisica. Forse... era più una ferita del cuore. L'uomo si corrucciò a quel pensiero. Non... era da lui.

Come faceva a sapere cos'era da lui? Non sapeva nemmeno come si chiamava...

Scuotendo il capo, l'uomo diede le spalle al lago. Scioccato, vide che la ragazza era in piedi dietro di lui. La sua faccia a forma di cuore era incorniciata da soffici ciocche dorate, gli occhi blu orlati da ciglia nerissime...

La donna dai capelli biondi. Era sua figlia. L'uomo non sapeva niente di niente, ma di questo era certo.

Provò ad aprire la bocca per parlarle, ma le sue labbra non si mossero. L'uomo alzò la mano in un gesto impotente. La ragazza gli sorrise velocemente e gli toccò velocemente la mano. Poi indicò alla sua sinistra.

Lì si innalzava un solido muro grigiastro, formato da una nebbia ribollente, sciamante. Se ne stava lì, in attesa. La nebbia aveva un aspetto familiare, ma gli fece rizzare i peli del collo. Il pericolo, forse. Quantomeno l'incertezza.

Quando l'uomo si voltò, la ragazza era sparita.

Una colomba bianca gli volò davanti, allontanandosi dalla nebbia. Quando l'uomo guardò nella sua direzione, vide un portale bianco che riluceva. Strizzò gli occhi, provando a vederci meglio, ma fu inutile. Eppure, poteva giurare che...

Per un secondo, pensò di sentire la risata di un bambino. Un profumo delicato aleggiò verso di lui, qualcosa simile al profumo del pane appena sformato... la luce sembrò allungarsi verso di lui e, per la prima volta, l'uomo si accorse di quanto freddo stesse sentendo. Gli si erano addormentate le dita. E quella luce sembrava così calda e accogliente...

Il vento gli turbinò intorno sollevando una foglia, ricordandogli dell'albero e del lago. L'uomo vide che tutto il mondo si stava facendo freddo. Il sole era tramontato, dall'albero erano ormai spoglio, le foglie e i frutti sparsi dal vento gelido. Intorno al lago cominciò a formarsi del ghiaccio, che si sparse sulla superficie dell'acqua congelando le onde in un'immagine solida.

L'uomo. La bellissima donna dai capelli biondi. L'uomo era a terra, la ragazza bionda singhiozzava sul suo corpo disteso. C'era così tanto sangue...

Un suono debolissimo attirò la sua attenzione, un sussurro quasi sperduto nel vento. L'uomo provò a concentrarsi, ad ascoltare. Era un suono così dolce...

Si girò verso il portale bianco, provando a capire cosa fosse quel suono. Di nuovo, lo chiamò. Erba tagliata di fresco. Una nota di una melodia dimenticata da tempo. E quella tiepida offerta che voleva portarlo via da questo luogo freddo, morente...

*Asher.*

Non appena l'uomo fece per muoversi verso il calore bianco, sentì di nuovo quel suono. Più forte, questa volta. Un'unica parola, ma...

L'uomo diede le spalle alla luce. Faticava a muoversi. Il ghiaccio del lago lo stava ricoprendo, crepitando sul terreno e sulle sue gambe.

Faceva così freddo.

*Asher!*

Eccola... l'uomo guardò verso la nebbia, e lei era lì. La sua bellissima donna dai capelli biondi. Una mano ancorata nella nebbia, l'altra tesa verso di lui. Si muoveva al rallentatore, la sua bocca si muoveva senza produrre alcun suono.

*Asher, ti prego!* Fu il suo grido smembrato. *Non mi lasciare!*

Qualcosa nel suo petto cadde con un rumore sordo, un segno del dolore che sarebbe venuto. Esitò. Era così stanco, e il portale bianco sembrava così bello e tranquillo...

*Ti prego! Asher! Ti amo!*

L'uomo guardò la donna con occhi tormentati. Un momento fa, lei era vivida, piena di colori, ma ora lui vedeva che quel mondo ghiacciato la stava impallidendo. La sua bocca si muoveva, e l'uomo riusciva quasi a sentire la sua voce, ma il vento rubava le sue parole.

*Ti amo.*

L'uomo non poteva resisterle. Era in pericolo, la sua ragazza dai capelli biondi. Aveva bisogno di lui...

Lottando con tutte le sue forze, l'uomo si mosse verso di lei. Gli occhi della ragazza si illuminarono eccitati, la sua voce gli echeggiava nelle orecchie, coprendo il suono sordo che si faceva sempre più forte, sollevandosi per sovrastare il mondo intero.

*Thump. Thump. Thump.*

E poi: *Sì, Ash! Così!*

C'era quasi... l'uomo si spinse in avanti e allungò la mano per toccare le dita stese della ragazza. Sentì l'acqua ghiacciata che si raccoglieva attorno ai suoi piedi, come si trovasse in un fiume che gli arrivava al ginocchio, con l'acqua che si avvinghiava a lui provando a trascinarlo sul fondo.

*Sarebbe così facile...*

No. La donna aveva bisogno di lui. E lui aveva bisogno di lei. Aveva bisogno di toccarla, di afferrare la mano che lei gli tendeva...

Con le dita addormentate afferrò quelle di lei, così calde che quasi le lasciò andare. Prima che potesse reagire, la ragazza gli aveva afferrato il polso in una morsa cocente, strattonandolo verso di lei, il petto gonfio per lo sforzo.

Kira. Kira... "Kira?"

"Sì, amore mio," disse lei. "Vieni con me, ok?"

Asher si lasciò trascinare nella nebbia e chiuse gli occhi.

"Ti ho preso," gli sussurrò Kira nell'orecchio. Gli avvolse le spalle con le braccia.

Di quello, Asher non poteva dubitare.

## 15

Asher si svegliò, rotolò su un fianco e tossì annaspando. Quando aprì gli occhi, era nel suo letto e guardava un altrettanto sconcertata Kira. Una pila di spesse trapunte li ricoprivano, e lui riusciva a vederle solo il viso.

"L'ho fatto," disse lei con un sussulto, la sua voce un sussurro rauco. "Sei ancora qui."

Asher scostò le coperte con un ringhio, i suoi muscoli stranamente deboli. Allungò una mano verso Kira e si fece scappare un gemito quando avvolse le dita attorno al suo braccio. Era solida, reale, tangibile.

"Dove... cosa..." mormorò Asher sciogliendo la matassa dei propri pensieri e tirando Kira vicino a sé. Quel tocco la fece tremare. Il suo corpo era quasi febbricitante vicino a quello di Asher.

Oppure no... a dire il vero, era il corpo di Asher ad essere gelato, e lei era semplicemente calda.

"Ash," disse Kira, gli occhi illuminati dalle lacrime. "Eri..."

Asher le avvicinò le labbra alle sue, desideroso. Desiderava il suo calore, il suo tocco. Aveva un bisogno disperato di essere rassicurato. Quel posto, il lago ghiacciato...

Non aveva bisogno di sapere dove fosse, o cosa significasse. Aveva già capito tutto quello che doveva sapere. Era stato così lontano da Kira, non voleva che succedesse di nuovo.

Esplorò le labbra e la bocca di Kira con dei tocchi famelici. Lei si sciolse contro di lui, infilandogli un braccio sotto il collo, schiacciando i seni contro il suo petto. Kira indossava una maglietta sottile e dei pantaloni di cotone, come Asher, e la barriera tra loro lo fece infuriare.

Asher si tirò indietro per toglierle i vestiti e poi spogliarsi a sua volta. Rotolò ritrovandosi sopra il corpo esile di Kira. Le afferrò un seno e le morse il labbro inferiore, il cazzo grosso e insistente le premeva contro la pancia.

Tracciò dei baci lungo la linea della sua mascella, fino al lobo dell'orecchio, mordendolo e stuzzicandolo fino a quando i respiri affannosi di Kira riempirono l'aria, fino a quando non mosse i fianchi contro di lui. Asher si fermò per un brevissimo istante, ricordando il lago.

L'unica cosa bella che era successa lì.

"Tu mi ami," disse Asher a denti stretti, abbassando la bocca fino a quando non trovò con le labbra il marchio sul collo di Kira. Il suo marchio. La sua compagna.

"Ash –" gemette Kira, la sua voce rauca e famelica.

"Dimmelo di nuovo, Kira."

Ash fece scivolare la mano lungo il suo corpo, sulla sua coscia. Le spalancò le ginocchia e si afferrò il cazzo premendolo contro l'entrata, trattenendo a stento un ringhio feroce quando la trovò umida e pronta.

"Asher!" disse Kira afferrandogli la spalla, provando a farlo avvicinare.

"Ti amo, Kira," disse Asher reclamando ancora una volta le sue labbra.

"Asher, ti prego!" disse Kira, quando lui si ritrasse di nuovo alla ricerca del suo viso.

"Dimmelo, Kira. Di' quelle parole." La penetrò di appena un centimetro, sapendo che così facendo la tormentava, ma prima aveva bisogno di sentire quelle parole.

"Io... io ti amo, Ash," disse Kira gridando il suo nome quando Asher la penetrò a fondo.

Lei lo amava.

Asher si sollevò e le afferrò i fianchi, rispondendo alle parole di Kira dandole quella connessione violenta e intensa di cui entrambi avevano bisogno. La guardò con attenzione, mentre lei sbocciava sotto le sue attenzioni, i suoi bellissimi seni che rimbalzavano, la sua faccia che arrossiva di passione. Lei accoglieva ogni colpo, si prendeva tutto e gli dava tutto quello che aveva, aperta e bisognosa e bellissima.

Nessuno avrebbe mai potuto eguagliare tanta bellezza.

Il suo corpo si irrigidì, e il suo piacere toccava vette inesplorate. Asher riusciva a sentire la tensione che gli riempiva i muscoli. Sentiva che Kira stringeva il suo cazzo sempre più forte, fino a quando lui non pensò che tanta perfezione l'avrebbe ucciso.

Infilò la mano in mezzo ai loro corpi e con il pollice le massaggiò il clitoride, senza smettere di scoparla, disegnando dei cerchietti sulla sua carne sensibile. Dopo un istante Kira si contrasse e gridò il suo nome, gli scorticò la schiena e i fianchi con le unghie.

Lei si innalzava nella sua spirale di piacere, e Asher si lasciò andare. La sua mente si fece buia, la particolare esplosione di estasi travolgente che sentiva solo quando era con la sua compagna. Si liberò dentro la sua compagna, i suoi ultimi colpi caldi e bagnati di seme, che lo infuocava da dento a fuori.

Solo allora Asher collassò, attento a rotolare su un fianco

e portando Kira con sé. Ora che lei era tra le sue braccia, non sarebbe stato mai più tanto sciocco da lasciarla andare.

Niente al mondo si sarebbe messo tra lui e la sua compagna. Mai.

Le affondò il viso nel collo e ispirò a fondo il suo dolce profumo. Essere lì con lei lo faceva così felice. Restarono così distesi a lungo, e Asher non ricordava di essere mai stato così contento in vita sua.

Al sicuro, per la prima volta in vita sua.

Dopo quella che era sembrata un'eternità, fu Kira che decise di rompere il silenzio.

"Eri morto."

Così, di punto in bianco. Nessuna inflessione. La verità, e basta.

Asher le baciò il collo, poi sollevò la testa per guardarla meglio.

"Dove... eri andato?" gli chiese Kira, gli occhi sgranati. Sembrava così fragile, nonostante Asher l'avesse vista uccidere il nemico più pericoloso di tutti. Soffice e dura, gentile e brutale. Era quella la sua compagna, piena di contraddizioni.

Dio, era perfetta.

"Penso... non so dove mi trovassi," disse lui provando a spiegarsi. "Non sapevo *chi* fossi. Avevo... avevo freddo."

"Pensavo di averti perso," disse Kira, la sua voce tremando sull'ultima sillaba.

Asher fece un respiro profondo e poi rispose.

"Era così. Penso. Ma... ho sentito la tua voce, e non ho potuto lasciarti. Volevo andarmene... verso l'aldilà, o quello che è. Ma non potevo lasciarti," disse. Le sue mani stringevano tremanti la vita di Kira.

Kira strofinò le labbra contro le sue, e il suo tremò si affievolì.

"Non dobbiamo parlarne ancora," gli promise lei. "Sei tornato da me. Ed è questa l'unica cosa che conta."

"Diamine, Kira. Così mi fai emozionare," disse Asher sentendo il cuore che gli si contraeva.

"Non è colpa mia. Voi uomini siete come le tartarughe," disse Kira. "Più duro è il carapace, più morbidi siete sotto sotto."

"Mmm," disse Asher senza rispondere. Kira se ne restò a lungo zitta, e Asher riusciva praticamente a sentire gli ingranaggi che lavoravano dentro la sua mente. "Che c'è?"

"Beh... mi chiedevo..." Kira fece un respiro profondo. "Per quanto tempo ti ha avuto Mere Marie? Voglio dire, per quanto tempo l'hai servita."

Asher sbatté le palpebre, sorpreso.

"Uh... non sono sicuro. Voglio dire, tecnicamente... penso che una volta che il suo incantesimo è stato infranto, il patto è saltato. Perché?"

"Stavo pensando a quello che ci eravamo detti, di ricominciare una nuova vita da qualche altra parte," disse lei.

"Vicino al mare, ma dove non fa troppo caldo," disse Asher annuendo lentamente.

"Sì," disse Kira mordendosi il labbro.

"Non sarò più in debito con Mere Marie, ma non possiamo andarcene. Non ancora. Tuo padre è morto, ma l'uomo che l'ha convocato è ancora vivo e vegeto. Per sfortuna," ringhiò Asher.

"Pere Mal."

Asher annuì.

"Non posso ancora lasciare i Guardiani. Presto, forse. Ma per ora... penso che abbiano bisogno di me." Fece una pausa. "A dire il vero, tu sei tipo mille volte più potente di me. I Guardiani hanno bisogno più di te che di me, penso."

Kira ridacchiò e scosse il capo.

"So a malapena come usare i miei poteri."

"Non sono d'accordo. Penso di averti visto bandire per sempre un angelo della morte," le fece notare Asher.

"Okay, è vero... ma, lo stesso... Sono un peso che cammina."

"Tu? Mai," disse Asher affondando di nuovo il viso contro il suo collo. Rimasero in silenzio per un po', un tipo di silenzio confortevole. Poi Asher si accorse di non aver risposto alla domanda sottintesa. "Kira?"

"Sì?" chiese Kira con voce sonnolenta, il corpo soffice come burro.

"Presto, amore mio. Ti prometto che quando tutto questo sarà finito, ce ne andremo dovunque tu voglia. E, se non vuoi, non rimetteremo mai più piede in Louisiana."

Kira sospirò contenta.

"Non lo so. New Orleans è ok," disse lei. "Troppi cattivi, ma è davvero carina. Union City può andare al diavolo, però."

"Lo terrò a mente."

Asher ridacchiò e la strinse forte, ascoltandola mentre si addormentava. Per la prima volta dacché ne aveva memoria, tutto nel suo mondo andava nel verso giusto. Non c'era niente in agguato dietro l'angolo, niente che lo teneva lontano dalla sua compagna, niente che lo trattenesse dal dormire un sonno profondo, privo di sogni.

Il sorriso sulle labbra, Asher si addormentò, e l'ultima cosa a cui pensò fu che Kira, infine, l'aveva reso un uomo libero, e per sempre.

## ISCRIVITI ALLA NEWSLETTER

Unisciti alla mailing list per essere informato per primo su nuove uscite, libri gratuiti, premi speciali e altri omaggi dell'autore.

https://kaylagabriel.com/benvenuto/

# L'AUTORE

Kayla Gabriel vive immersa nella natura del Minnesota, dove giura di aver visto dei mutaforma nei boschi dietro il suo giardino. Le sue cose preferite sono i mini marshmallow, il caffè e quando gli automobilisti usano la freccia.

Contatta Kayla via e-mail (kaylagabrielauthor@gmail.com) e assicurati di ottenere il suo libro GRAUTITO:
https://kaylagabriel.com/benvenuto/
http://kaylagabriel.com

www.ingramcontent.com/pod-product-compliance
Lightning Source LLC
LaVergne TN
LVHW011840060526
838200LV00054B/4120